DAS

KALTE HERZ,

UND ANDERE GEISTERGESCHICHTEN.

VON

WILHELM HAUFF.

AF284579

DAS

KALTE HERZ,

UND ANDERE GEISTERGESCHICHTEN.

VON

WILHELM HAUFF.

Mit Illustrationen

von

Carl Offterdinger

und

Charles Albert d'Arnoux.

Text bearbeitet nach der Ausgabe:
Mährchen für Söhne und Töchter gebildeter Stände.
Von Wilhelm Hauff.
Stuttgart 1869.

DAS KALTE HERZ

✳

DAS GESPENSTERSCHIFF

✳

DIE HÖHLE VON STEENFOLL

Impressum:
© 2020 Till Müller (Hrsg. u. Bearb.)
Herstellung u. Verlag: BoD – Books on Demand, Norderstedt.
ISBN: 978-3-75283-486-4

DAS
KALTE HERZ.

WER durch Schwaben reist, der sollte nie vergessen, auch ein wenig in den Schwarzwald hineinzuschauen; nicht der Bäume wegen, obgleich man nicht überall solch unermeßliche Menge herrlich aufgeschossener Tannen findet, sondern wegen der Leute, die sich von den anderen Menschen ringsumher merkwürdig unterscheiden. Sie sind größer als gewöhnliche Menschen, breitschulterig, von starken Gliedern, und es ist, als ob der stärkende Duft, der morgens durch die Tannen strömt, ihnen von Jugend auf einen freieren Atem, ein klareres Ange und einen festeren, wenn auch rauheren Mut, als den Bewohnern der Stromtäler und Ebenen gegeben hätte. Und nicht nur durch Haltung und Wuchs, auch durch ihre Sitten und Trachten sondern sie sich von den Leuten, die außerhalb des Waldes wohnen, streng ab. Am schönsten kleiden sich die Bewohner des badischen Schwarzwaldes; die Männer lassen den Bart wachsen, wie er von Natur dem Mann ums Kinn gegeben ist; ihre schwarzen Wämser, ihre ungeheuren, enggefalteten Pluderhosen, ihre roten Strümpfe und die spitzen Hüte, von einer weiten Scheibe umgeben, verleihen ihnen etwas Fremdartiges, aber etwas Ernstes, Ehrwürdiges. Dort beschäftigen sich die Leute gewöhnlich mit Glasmachen; auch verfertigen sie Uhren und tragen sie in der halben Welt umher.

Auf der anderen Seite des Waldes wohnt ein Teil desselben Stammes, aber ihre Arbeiten haben ihnen andere Sitten und Gewohnheiten gegeben, als den Glasmachern. Sie handeln mit ihrem Wald; sie fällen und behauen ihre Tannen, flößen sie durch die Nagold in den Neckar, und von dem oberen Neckar den Rhein hinab, bis weit hinein nach Holland, und am Meer kennt man die Schwarzwälder und ihre langen Flöße; sie halten an jeder Stadt, die am Strom liegt, an und erwarten stolz, ob man ihnen Balken und Bretter abkaufen werde; ihre stärksten und längsten Balken aber verhandeln sie um schweres Geld an die Mijnheers, welche Schiffe daraus bauen. Diese Menschen nun sind an ein rauhes, wanderndes Leben gewöhnt. Ihre Freude ist, auf ihrem Holz die Ströme hinabzufahren, ihr Leid, am Ufer wieder heraufzuwandeln. Darum ist auch ihr Prachtanzug so verschieden von dem der Glasmänner im anderen Teil des Schwarzwaldes. Sie tragen Wämser von dunkler Leinwand, einen handbreiten grünen Hosenträger über die breite Brust, Beinkleider von schwarzem Leder, aus deren Tasche ein Zollstab von Messing wie ein Ehrenzeichen hervorschaut; ihr Stolz und ihre Freude aber sind ihre Stiefel, die größten wahrscheinlich, welche auf irgendeinem Teil der Erde Mode sind; denn sie können zwei Spannen weit über das Knie hinaufgezogen werden, und die „Flößer" können damit in drei Schuh tiefem Wasser umherwandeln, ohne sich die Füße naßzumachen.

Noch vor kurzer Zeit glaubten die Bewohner dieses Waldes an Waldgeister, und erst in neuerer Zeit hat man ihnen diesen törichten Aberglauben benehmen können. Sonderbar ist es aber, daß auch die Waldgeister, die der Sage nach im Schwarzwald hausen, in diese verschiedenen Trachten sich geteilt haben. So hat man versichert, daß das Glasmännlein, ein gutes Geistchen von vierthalb Fuß Höhe, sich nie anders zeige, als in einem spitzen Hütlein mit großem Rand, mit Wams und Pluderhöschen und roten Strümpfchen. Der Holländer-Michel aber, der auf der anderen Seite des Waldes umgeht, soll ein riesengroßer, breitschultriger Kerl in der Kleidung der Flößer sein, und mehrere, die ihn gesehen haben, wollen versichern, daß sie die Kälber nicht aus ihrem Beutel bezahlen möchten, deren Felle man zu seinen Stiefeln brauchen würde. „So groß, daß ein gewöhnlicher Mann bis an den Hals hineinstehen könnte", sagten sie, und wollten nichts übertrieben haben.

Mit diesen Waldgeistern soll einmal ein junger Schwarzwälder eine sonderbare Geschichte gehabt haben, die ich erzählen will. Es lebte nämlich im Schwarzwald eine Witwe, Frau Barbara Munkin; ihr Gatte war Kohlenbrenner gewesen, und nach seinem Tod hielt sie ihren sechzehnjährigen Knaben nach und nach zu dem Geschäfte an. Der junge Peter Munk, ein schlauer Bursche, ließ es sich gefallen, weil er es bei seinem Vater auch nicht anders gesehen hatte, die ganze Woche über am rauchenden Meiler zu sitzen, oder schwarz und berußt und den Leuten ein Abscheu hinab in die Städte zu fahren und seine Kohlen zu verkaufen. Aber ein Köhler hat viel Zeit zum Nachdenken über sich und andere, und wenn Peter Munk an seinem Meiler saß, stimmten die dunkeln Bäume umher und die tiefe Waldesstille sein Herz zu Tränen und unbewußter Sehnsucht. Es betrübte ihn etwas, es ärgerte ihn etwas, er wußte nicht recht was. Endlich merkte er sich ab, was ihn ärgerte, und das war – sein Stand. „Ein schwarzer, einsamer Kohlenbrenner!" sagte er sich; „es ist ein elend Leben. Wie angesehen sind die Glasmänner, die Uhrmacher, selbst die Musikanten am Sonntagabend! Und wenn Peter Munk, rein gewaschen und geputzt, in des Vaters Ehrenwams mit silbernen Knöpfen und mit nagelneuen roten Strümpfen erscheint, und wenn dann einer hinter mir hergeht und denkt: wer ist wohl der schlanke Bursche? Und lobt bei sich die Strümpfe und meinen stattlichen Gang, – sieh, wenn er vorübergeht und schaut sich um, sagt er gewiß: ach, es ist nur der Kohlenmunkpeter!"

Auch die Flößer auf der anderen Seite waren ein Gegenstand seines Neides. Wenn diese Waldriesen herüberkamen, mit stattlichen Kleidern, und an Knöpfen, Schnallen und Ketten einen halben Zentner Silber auf dem Leib trugen, wenn sie mit ausgespreizten Beinen und vornehmen Gesichtern dem Tanz zuschauten, holländisch fluchten, und wie die vornehmsten Mijnheers aus ellenlangen kölnischen Pfeifen rauchten, da stellte er sich als das vollendetste Bild eines glücklichen Menschen solch einen Flößer vor. Und wenn diese Glücklichen dann erst in die Taschen fuhren, ganze Hände voll großer Taler herauslangten und um Sechsbatzner würfelten, fünf Gulden hin, zehn her, so wollten ihm die Sinne vergehen und er schlich trübselig nach seiner Hütte; denn an manchem Feiertagabend hatte er einen oder den anderen dieser

„Holzherren" mehr verspielen sehen, als der arme Vater Munk in einem Jahr verdiente. Es waren vorzüglich drei dieser Männer, von welchen er nicht wußte, welchen er am meisten bewundern sollte. Der eine war ein dicker, großer Mann mit rotem Gesicht, und galt für den reichsten Mann in der Runde. Man hieß ihn den *dicken Ezechiel*. Er reiste alle Jahre zweimal mit Bauholz nach Amsterdam und hatte das Glück, es immer um so viel teurer als andere zu verkaufen, daß er, wenn die übrigen zu Fuß heimgingen, stattlich herauffahren konnte. Der andere war der längste und magerste Mensch im ganzen Wald, man nannte ihn den *langen Schlurker*, und diesen beneidete Munk wegen seiner ausnehmenden Kühnheit; er widersprach den angesehensten Leuten, brauchte, wenn man noch so gedrängt im Wirtshaus saß, mehr Platz, als vier der Dicksten, denn er stützte entweder beide Ellbogen auf den Tisch oder zog eines seiner langen Beine zu sich auf die Bank, und doch wagte ihm keiner zu widersprechen, denn er hatte unmenschlich viel Geld. Der dritte aber war ein schöner, junger Mann, der am besten tanzte weit und breit, und daher den Namen *Tanzbodenkönig* hatte. Er war ein armer Mensch gewesen und hatte bei einem Holzherrn als Knecht gedient; da wurde er auf einmal steinreich; die einen sagten, er habe unter einer alten Tanne einen Topf voll Geld gefunden, die anderen behaupteten, er habe unweit Bingen am Rhein mit der Stechstange, womit die Flößer zuweilen nach den Fischen stechen, einen Pack mit Goldstücken heraufgefischt, und der Pack gehöre zu dem großen Nibelungenhort, der dort vergraben liegt; kurz, er war auf einmal reich geworden und wurde von Jung und Alt angesehen wie ein Prinz.

An diese drei Männer dachte Kohlenmunkpeter oft, wenn er einsam im Tannenwald saß. Zwar hatten alle drei einen Hauptfehler, der sie bei den Leuten verhaßt machte; es war dies ihr unmenschlicher Geiz, ihre Gefühllosigkeit gegen Schuldner und Arme, denn die Schwarzwälder sind ein gutmütiges Völklein; aber man weiß, wie es mit solchen Dingen geht: waren sie auch wegen ihres Geizes verhaßt, so standen sie doch wegen ihres Geldes in Ansehen; denn wer konnte Taler wegwerfen, wie sie, als ob man das Geld von den Tannen schüttelte?

„So geht es nicht mehr weiter", sagte Peter eines Tages schmerzlich betrübt zu sich; denn Tags zuvor war Feiertag gewesen, und alles Volk in der Schenke; „wenn ich nicht bald auf den grünen Zweig komme, so tu' ich mir etwas zu Leid; wär' ich doch nur so angesehen und reich, wie der dicke Ezechiel, oder so kühn und so gewaltig, wie der lange Schlurker, oder so berühmt, und könnte den Musikanten Taler statt Kreuzer zuwerfen, wie der Tanzbodenkönig! Wo nur der Bursche das Geld her hat?" Allerlei Mittel ging er durch, wie man sich Geld erwerben könne, aber keines wollte ihm gefallen; endlich fielen ihm auch die Sagen von Leuten bei, die vor alten Zeiten durch den Holländer-Michel und durch das Glasmännlein reich geworden waren. So lang sein Vater noch lebte, kamen oft andere arme Leute zum Besuch, und da wurde lang und breit von reichen Menschen gesprochen, und wie sie reich geworden; da spielte nun oft das Glasmännlein eine Rolle; ja, wenn er recht nachsann, konnte er sich beinahe noch des Versleins erinnern, das man am Tannenbühl in der Mitte des Waldes sprechen mußte, wenn es erscheinen sollte. Es fing an:

Schatzhauser im grünen Tannenwald,
Bist schon viel hundert Jahre alt,
Dir gehört all' Land, wo Tannen stehn –

Aber er mochte sein Gedächtnis anstrengen, wie er wollte, weiter konnte er sich keines Verses mehr entsinnen. Er dachte oft, ob er nicht diesen oder jenen alten Mann fragen sollte, wie das Sprüchlein heiße; aber immer hielt ihn eine gewisse Scheu, seine Gedanken zu verraten, ab, auch schloß er, es müsse die Sage vom Glasmännlein nicht sehr bekannt sein, und den Spruch müßten nur wenige wissen, denn es gab nicht viele reiche Leute im Wald, und – warum hatten denn nicht sein Vater und die anderen armen Leute ihr Glück versucht? Er brachte endlich einmal seine Mutter auf das Männlein zu sprechen, und diese erzählte ihm, was er schon wußte, kannte auch nur noch die erste Zeile von dem Spruch und sagte ihm endlich, nur Leuten, die an einem Sonntag zwischen elf und zwei Uhr geboren seien, zeige sich das Geistchen. Er selbst würde wohl dazu passen, wenn er nur das Sprüchlein wüßte, denn er sei schon mittags zwölf Uhr geboren.

Als dies der Kohlenmunkpeter hörte, war er vor Freude und Begierde, dies Abenteuer zu unternehmen, beinahe außer sich. Es schien ihm hinlänglich, einen Teil des Sprüchleins zu wissen und am Sonntag geboren zu sein, und Glasmännlein mußte sich ihm zeigen. Als er daher eines Tages seine Kohlen verkauft hatte, zündete er keinen neuen Meiler an, sondern zog seines Vaters Staatswams und neue rote Strümpfe an, setzte den Sonntagshut auf, faßte seinen fünf Fuß hohen Schwarzdornstock in die Hand und nahm von der Mutter Abschied: „Ich muß aufs Amt in die Stadt; denn wir werden bald spielen müssen, wer Soldat wird, und da will ich dem Amtmann nur noch einmal einschärfen, daß Ihr Witwe seid, und ich Euer einziger Sohn." Die Mutter lobte seinen Entschluß, er aber machte sich auf nach dem Tannenbühl. Der Tannenbühl liegt auf der höchsten Höhe des Schwarzwaldes, und auf zwei Stunden im Umkreis stand damals kein Dorf, ja nicht einmal eine Hütte, denn die abergläubischen Leute meinten, es sei dort unsicher. Man schlug auch, so hoch und prachtvoll dort die Tannen standen, ungern Holz in jenem Revier, denn oft waren den Holzhauern, wenn sie dort arbeiteten, die Äxte vom Stiel gesprungen und in den Fuß gefahren, oder die Bäume waren schnell umgestürzt und hatten die Männer mit umgerissen und beschädigt, oder gar getötet; auch hätte man die schönsten Bäume von dorther nur zu Brennholz brauchen können, denn die Floßherren nahmen nie einen Stamm aus dem Tannenbühl unter ein Floß auf, weil die Sage ging, daß Mann und Holz verunglücke, wenn ein Tannenbühler mit im Wasser sei. Daher kam es, daß im Tannenbühl die Bäume so dicht und so hoch standen, daß es am hellen Tage beinahe Nacht war, und Peter Munk wurde es ganz schaurig dort zumut; denn er hörte keine Stimme, keinen Tritt als den seinigen, keine Axt; selbst die Vögel schienen diese dichte Tannennacht zu vermeiden.

Kohlenmunkpeter hatte jetzt den höchsten Punkt des Tannenbühls erreicht und stand vor einer Tanne von ungeheurem Umfang, um die ein holländischer Schiffsherr an Ort und Stelle viele hundert Gulden gegeben hätte. „Hier", dachte er, „wird wohl der Schatzhauser wohnen", zog seinen großen Sonntagshut, machte vor dem Baum eine tiefe Verbeugung, räusperte sich und sprach mit zitternder Stimme: „Wünsche glückseligen Abend, Herr Glasmann." Aber es erfolgte keine Antwort, und alles umher war so still wie zuvor. „Vielleicht muß ich doch das Verslein sprechen", dachte er weiter und murmelte:

Schatzhauser im grünen Tannenwald,
Bist schon viel hundert Jahre alt,
Dir gehört all' Land, wo Tannen stehn –

Indem er diese Worte sprach, sah er zu seinem großen Schrekken eine ganz kleine, sonderbare Gestalt hinter der dicken Tanne hervorschauen; es war ihm, als habe er das Glasmännlein gesehen, wie man es beschrieben, das schwarze Wämschen, die roten Strümpfchen, das Hütchen, alles war so, selbst das blasse, aber feine und kluge Gesichtchen, wovon man erzählte, glaubte er gesehen zu haben. Aber ach, so schnell es hervorgeschaut hatte, das Glasmännlein, so schnell war es auch wieder verschwunden! „Herr Glasmann", rief nach einigem Zögern Peter Munk, „seid so gütig und haltet mich nicht für'n Narren. – Herr Glasmann, wenn Ihr meint, ich habe Euch nicht gesehen, so täuscht Ihr Euch sehr, ich sah Euch wohl hinter dem Baum hervorgucken." – Immer keine Antwort, nur zuweilen glaubte er ein leises, heiseres Kichern hinter dem Baum zu vernehmen. Endlich überwand seine Ungeduld die Furcht, die ihn bis jetzt noch abgehalten hatte. „Warte, du kleiner Bursche", rief er, „dich will ich bald haben", sprang mit einem Satz hinter die Tanne, aber da war kein Schatzhauser im grünen Tannenwald, und nur ein kleines zierliches Eichhörnchen jagte an dem Baum hinauf.

Peter Munk schüttelte den Kopf; er sah ein, daß er die Beschwörung bis auf einen gewissen Grad gebracht habe, und daß ihm vielleicht nur noch ein Reim zu dem Sprüchlein fehle, so könne er das Glasmännlein hervorlocken; aber er sann hin, er sann her, und fand nichts. Das Eichhörnchen zeigte sich an den untersten Ästen der Tanne und schien ihn aufzumuntern oder zu verspotten. Es putzte sich, es rollte den schönen Schweif, es schaute ihn mit klugen Augen an, aber endlich fürchtete er sich doch beinahe, mit diesem Tier allein zu sein; denn bald schien das Eichhörnchen einen Menschenkopf zu haben und einen dreispitzigen Hut zu tragen, bald war es ganz wie ein anderes Eichhörnchen und hatte nur an den Hinterfüßen rote Strümpfe und schwarze Schuhe. Kurz, es war ein lustiges Tier, aber dennoch graute Kohlenmunkpeter, denn er meinte, es gehe nicht mit rechten Dingen zu.

Mit schnelleren Schritten, als er gekommen war, zog Peter wieder ab. Das Dunkel des Tannenwaldes schien immer schwärzer zu werden, die Bäume standen immer dichter, und ihm fing an so zu grauen, daß er im Trab davonjagte; und erst, als er in der Ferne Hunde bellen hörte und bald darauf zwischen den Bäumen den Rauch einer Hütte erblickte, wurde er wieder ruhiger. Aber als er näherkam und die Tracht der Leute in der Hütte erblickte, fand er, daß er aus Angst gerade die entgegengesetzte Richtung genommen und statt zu den Glasleuten, zu den Flößern gekommen sei. Die Leute, die in der Hütte wohnten, waren Holzfäller: ein alter Mann, sein Sohn, der Hauswirt, und einige erwachsene Enkel. Sie nahmen Kohlenmunkpeter, der um ein Nachtlager bat, gut auf, ohne nach seinem Namen und Wohnort zu fragen, gaben ihm Apfelwein zu trinken, und abends wurde ein großer Auerhahn, die beste Schwarzwaldspeise, aufgesetzt.

Nach dem Nachtessen setzten sich die Hausfrau und ihre Töchter mit ihren Kunkeln um den großen Lichtspan, den die Jungen mit dem feinsten Tannenharz unterhielten, der Großvater, der Gast und der Hausherr rauchten und schauten den Weibern zu, die Burschen aber waren beschäftigt, Löffel und Gabeln aus Holz zu schnitzen. Draußen im Wald heulte der Sturm und raste in den Tannen, man hörte da und dort sehr heftige Schläge, und es schien oft, als ob ganze Bäume abgeknickt würden und zusammenkrachten. Die furchtlosen Jungen wollten hinaus in den Wald laufen und dieses furchtbar schöne Schauspiel mit ansehen, ihr Großvater aber hielt sie mit strengem Wort und Blick zurück. „Ich will keinem raten, daß er jetzt vor die Tür geht", rief er ihnen zu, „bei Gott, der kommt nimmermehr wieder; denn der Holländer-Michel haut sich heute Nacht ein neues G'stair (Floßgekenk) im Wald."

Die Kleinen staunten ihn an; sie mochten von dem Holländer-Michel schon gehört haben, aber sie baten jetzt den Ähni, einmal recht schön von jenem zu erzählen. Auch Peter Munk, der vom Holländer-Michel auf der anderen Seite des Waldes nur undeutlich hatte sprechen hören, stimmte mit ein und fragte den Alten, wer und wo er sei. „Er ist der Herr dieses Waldes, und nach dem zu schließen, daß Ihr in Eurem Alter dies noch nicht erfahren, müßt Ihr drüben über dem Tannenbühl oder wohl gar noch weiter zu Hause sein. Vom Holländer-Michel will ich Euch aber erzählen, was ich weiß, und wie die Sage von ihm geht. Vor etwa hundert Jahren, so erzählte es wenigstens mein Ähni, war weit und breit kein ehrlicheres Volk auf Erden, als die Schwarzwälder. Jetzt, seit so viel Geld im Land ist, sind die Menschen unredlich und schlecht. Die jungen Burschen tanzen und johlen am Sonntag und fluchen, daß es ein Schrecken ist; damals war es aber anders, und wenn er jetzt zum Fenster dort hereinschaute, so sag' ich's, und hab' es oft gesagt, der Holländer-Michel ist Schuld an all dieser Verderdnis. Es lebte also vor hundert Jahren und drüber ein reicher Holzherr, der viel Gesinde hatte; er handelte bis weit in den

Rhein hinab, und sein Geschäft war gesegnet; denn er war ein frommer Mann. Kommt eines Abends ein Mann an seine Türe, dergleichen er noch nie gesehen. Seine Kleidung war wie die der Schwarzwälder Burschen, aber er war einen guten Kopf höher als alle, und man hatte noch nie geglaubt, daß es einen solchen Riesen geben könne. Dieser bittet um Arbeit bei dem Holzherrn, und der Holzherr, der ihm ansah, daß er stark und zu großen Lasten tüchtig sei, rechnet mit ihm seinen Lohn, und sie schlagen ein. Der Michel war ein Arbeiter, wie selbiger Holzherr noch keinen gehabt. Beim Baumschlagen galt er für drei, und wenn sechs am einen End schleppten, trug er allein das andere. Als er aber ein halb Jahr Holz geschlagen, trat er eines Tages vor seinen Herrn und begehrte von ihm: „Hab' jetzt lang genug hier Holz gehackt, und so möcht' ich auch sehen, wohin meine Stämme kommen, und wie wär' es, wenn Ihr mich auch n'mal auf das Floß ließet?"

Der Holzherr antwortete: „Ich will dir nicht im Weg sein, Michel, wenn du ein wenig hinaus willst in die Welt; zwar beim Holzfällen brauche ich starke Leute wie du bist, auf dem Floß aber kommt es auf Geschicklichkeit an; doch es sei für diesmal."

„Und so war es; das Floß, mit dem er abgehen sollte, hatte acht Gleich (Glieder), und waren im letzten von den größten Zimmerbalken. Aber was geschah? Am Abend zuvor bringt der lange Michel noch acht Balken ans Wasser, so dick und lang, als man keinen je sah, und jeden trug er so leicht auf der Schulter, wie eine Flößerstange, so daß sich alles entsetzte. Wo er sie gehauen, weiß bis heute noch niemand. Dem Holzherrn lachte das Herz, als er dies sah, denn er berechnete, was diese Balken kosten könnten; Michel aber sagte: „So, die sind für mich zum Fahren, auf den kleinen Spänen dort kann ich nicht fortkommen"; sein Herr wollte ihm zum Dank ein Paar Flößerstiefel schenken, aber er warf sie auf die Seite und brachte ein Paar hervor, wie es sonst noch keine gab; mein Großvater hat versichert, sie hätten hundert Pfund gewogen und seien fünf Fuß lang gewesen."

„Das Floß fuhr ab, und hatte der Michel früher die Holzhauer in Verwunderung gesetzt, so staunten jetzt die Flößer; denn statt daß das Floß, wie man wegen der ungeheuren Balken geglaubt hatte, langsamer auf dem Fluß ging, flog es, sobald sie in den Neckar kamen, wie ein Pfeil; machte der Neckar eine Wendung, und hatten sonst die Flößer Mühe gehabt, das Floß in der Mitte zu halten und nicht auf Kies oder Sand zu stoßen, so sprang jetzt Michel allemal ins Wasser, rückte mit einem Zug das Floß links oder rechts, so daß es ohne Gefahr vorüberglitt; und kam dann eine gerade Stelle, so lief er aufs erste G'stair vor, ließ alle ihre Stangen beisetzen, steckte seinen ungeheuren Weberbaum ins Kies, und mit einem Druck flog das Floß dahin, daß das Land und Bäume und Dörfer vorbeizujagen schienen. So waren sie in der Hälfte der Zeit, die man sonst brauchte, nach Köln am Rhein gekommen, wo sie sonst ihre Ladung verkauft hatten; aber hier sprach Michel: „Ihr seid mir rechte Kaufleute, und versteht euren Nutzen! Meint ihr denn, die Kölner brauchen all dies Holz, das aus dem Schwarzwald kommt, für sich? Nein, um den halben Wert kaufen sie es euch ab und verhandeln es teuer nach Holland. Laßt uns die kleinen Balken hier verkaufen und mit den großen nach Holland gehen; was wir über den gewöhnlichen Preis lösen, ist unser eigener Profit."

„So sprach der arglistige Michel, und die anderen waren es zufrieden; die einen, weil sie gern nach Holland gezogen wären, es zu sehen, die anderen des Geldes wegen. Nur ein einziger war redlich und mahnte sie ab, das Gut ihres Herrn der Gefahr auszusetzen, oder ihn um den höheren Preis zu betrügen, aber sie hörten nicht auf ihn und vergaßen seine Worte; doch der Holländer-Michel vergaß sie nicht. Sie fuhren auch mit dem Holz den Rhein hinab, Michel leitete das Floß und brachte sie schnell bis nach Rotterdam. Dort bot man ihnen das Vierfache von dem früheren Preis, und besonders die ungeheuren Balken des Michel wurden mit schwerem Gelde bezahlt. Als die Schwarzwälder so viel Geld sahen, wußten sie sich vor Freude nicht zu fassen. Michel teilte ab, einen Teil dem Holzherrn, die drei anderen unter die Männer. Und nun setzten sie sich mit Matrosen und anderem schlechten Gesindel in die Wirtshäuser, verschlemmten und verspielten ihr Geld, den braven Mann aber, der ihnen abgeraten, verkaufte der Holländer-Michel an einen Seelenverkäufer, und man hat nichts mehr von ihm gehört. Von da an war den Burschen im Schwarzwald Holland das Paradies und Holländer-Michel ihr König; die Holzherren erfuhren lange nichts von dem Handel, und unvermerkt kamen Geld, Flüche, schlechte Sitten, Trunk und Spiel aus Holland herauf.

„Der Holländer-Michel war, als die Geschichte herauskam, nirgends zu finden, aber tot ist er auch nicht; seit hundert Jahren treibt er seinen Spuk im Wald, und man sagt, daß er schon vielen behilflich gewesen sei, reich zu werden, aber – auf Kosten ihrer armen Seele, und mehr will ich nicht sagen. Aber so viel ist gewiß, daß er noch jetzt in solchen Sturmnächten im Tannenbühl, wo man nicht hauen soll, überall die schönsten Tannen aussucht, und mein Vater hat ihn eine vier Schuh dicke umbrechen sehen, wie ein Rohr. Mit diesen beschenkt er die, welche sich vom Rechten abwenden und zu ihm gehen; um Mitternacht bringen sie dann die G'stair ins Wasser, und er rudert mit ihnen nach Holland. Aber wäre ich Herr und König in Holland, ich ließe ihn mit Kartätschen in den Boden schmettern, denn alle Schiffe, die von dem Holländer-Michel auch nur einen Balken haben, müssen untergehen. Daher kommt es, daß man von so vielen Schiffbrüchen hört; wie könnte denn sonst ein schönes, starkes Schiff, so groß als eine Kirche, zugrunde gehen auf dem Wasser? Aber so oft Holländer-Michel in einer Sturmnacht im Schwarzwald eine Tanne fällt, springt eine seiner alten aus den Fugen des Schiffes; das Wasser dringt ein, und das Schiff ist mit Mann und Maus verloren. Das ist die Sage vom Holländer-Michel, und wahr ist es, alles Böse im Schwarzwald schreibt sich von ihm her; o! er kann einen reich machen!" setzte der Greis geheimnisvoll hinzu, „aber ich möchte nichts von ihm haben, ich möchte um keinen Preis in der Haut des dicken Ezechiel und des langen Schlurkers stecken; auch der Tanzbodenkönig soll sich ihm ergeben haben!"

Der Sturm hatte sich während der Erzählung des Alten gelegt; die Mädchen zündeten schüchtern die Lampen an und gingen weg; die Männer aber legten Peter Munk einen Sack voll Laub als Kopfkissen auf die Ofenbank und wünschten ihm gute Nacht.

Kohlenmunkpeter hatte noch nie so schwere Träume gehabt, wie in dieser Nacht; bald glaubte er, der finstere riesige Holländer-Michel reiße die Stubenfenster auf und reiche mit seinem ungeheuer langen Arm einen Beutel voll Goldstücke herein, die er untereinander schüttelte, daß es hell und lieblich klang; bald sah er wieder das kleine, freundliche Glasmännlein auf einer ungeheuren grünen Flasche im Zimmer umherreiten, und er meinte, das heisere Lachen wieder zu hören, wie im Tannenbühl; dann brummte es ihm wieder ins linke Ohr:

In Holland gibt's Gold,
Könnet's haben, wenn Ihr wollt
Um geringen Sold,
Gold, Gold!

Dann hörte er wieder in seinem rechten Ohr das Liedchen vom Schatzhauser im grünen Tannenwald, und eine zarte Stimme flüsterte: „Dummer Kohlenpeter, dummer Peter Munk, kannst kein Sprüchlein reimen auf *stehen*, und bist doch am Sonntag geboren Schlag zwölf Uhr. Reime, dummer Peter, reime!"

Er ächzte, er stöhnte im Schlaf, er mühte sich ab, einen Reim zu finden, aber da er in seinem Leben noch keinen gemacht hatte, war seine Mühe im Traume vergebens. Als er aber mit dem ersten Frührot erwachte, kam ihm doch sein Traum sonderbar vor; er setzte sich mit verschränkten Armen hinter den Tisch und dachte über die Einflüsterungen nach, die ihm noch immer im Ohr lagen. „Reime, dummer Kohlenmunkpeter, reime", sprach er zu sich und pochte mit dem Finger an seine Stirne, aber es wollte kein Reim hervorkommen. Als er noch so da saß, trübe vor sich hinschaute und an den Reim auf *stehen* dachte, da zogen drei Burschen vor dem Hause vorbei in den Wald, und einer sang im Vorübergehen:

Am Berge tat ich stehen
Und schaute in das Tal,
Da hab' ich sie gesehen
Zum allerletzten Mal.

Das fuhr wie ein leuchtender Blitz durch Peters Ohr, und hastig raffte er sich auf, stürzte aus dem Haus, weil er meinte, nicht recht gehört zu haben, sprang den drei Burschen nach und packte den Sänger hastig und unsanft beim Arm. „Halt, Freund", rief er, „was habt Ihr da auf *stehen* gereimt? Tut mir die Liebe und sprecht, was Ihr gesungen."

„Was ficht's dich an, Bursche?" entgegnete der Schwarzwälder. „Ich kann singen, was ich will, und laß gleich meinen Arm los, oder –"

„Nein, sagen sollst du, was du gesungen hast!" schrie Peter beinahe außer sich und packte ihn noch fester an; die zwei anderen aber, als sie dies sahen, zögerten nicht lange, sondern fielen mit derben Fäusten über den armen Peter her und walkten ihn derb, bis er vor Schmerzen das Gewand des dritten ließ und erschöpft in die Knie sank. „Jetzt hast du dein Teil", sprachen sie lachend, „und merk' dir, toller Bursche, daß du Leute, wie wir sind, nimmer anfällst auf offenem Wege."

„Ach, ich will mir es gewißlich merken!" erwiderte Kohlenpeter seufzend; „aber so ich die Schläge habe, seid so gut und sagt deutlich, was jener gesungen."

Da lachten sie aufs neue und spotteten ihn aus; aber der das Lied gesungen, sagte es ihm vor, und lachend und singend zogen sie weiter.

„Also *sehen*", sprach der arme Geschlagene, indem er sich mühsam aufrichtete; *„sehen* auf *stehen*, jetzt, Glasmännlein, wollen wir wieder ein Wort zusammen sprechen." Er ging in die Hütte, holte seinen Hut und den langen Stock, nahm Abschied von den Bewohnern der Hütte und trat seinen Rückweg nach dem Tannenbühl an. Er ging langsam und sinnend seine Straße, denn er mußte ja einen Vers ersinnen; endlich, als er schon in dem Bereich des Tannenbühls ging, und die Tannen höher und dichter wurden, hatte er auch seinen Vers gefunden und machte vor Freuden einen Sprung in die Höhe. Da trat ein riesengroßer Mann in Flößerkleidung, und eine Stange so lang wie ein Mastbaum in der Hand, hinter den Tannen hervor. Peter Munk sank beinahe in die Knie, als er jenen langsamen Schrittes neben sich wandeln sah; denn er dachte, das ist der Holländer-Michel und kein anderer. Noch immer schwieg die furchtbare Gestalt, und Peter schielte zuweilen furchtsam nach ihm hin. Er war wohl einen Kopf größer, als der längste Mann, den Peter je gesehen, sein Gesicht war nicht mehr jung, doch auch nicht alt, aber voll Furchen und Falten; er trug ein Wams von Leinwand, und die ungeheuren Stiefel, über die Lederbeinkleider heraufgezogen, waren Peter aus der Sage wohlbekannt.

„Peter Munk, was tust du im Tannenbühl?" fragte der Waldkönig endlich mit tiefer, dröhnender Stimme.

„Guten Morgen, Landsmann", antwortete Peter, indem er sich unerschrocken zeigen wollte, aber heftig zitterte. „Ich will durch den Tannenbühl nach Haus zurück."

„Peter Munk", erwiderte jener und warf einen stechenden furchtbaren Blick nach ihm herüber, „Dein Weg geht nicht durch diesen Hain."

„Nun, so gerade just nicht", sagte jener, „aber es macht heute warm, da dachte ich, es wird hier kühler sein."

„Lüge nicht, du Kohlenpeter!" rief Holländer-Michel mit donnernder Stimme, „oder ich schlage dich mit der Stange zu Boden; meinst, ich hab' dich nicht betteln sehen bei dem Kleinen?" setzte er sanft hinzu. „Geh, geh, das war ein dummer Streich, und gut ist es, daß du das Sprüchlein nicht wußtest; er ist ein Knauser, der kleine Kerl, und gibt nicht viel, und wem er gibt, der wird seines Lebens nicht froh. – Peter, du bist ein armer Tropf und dauerst mich in der Seele; so ein munterer, schöner Bursche, der in der Welt was anfangen könnte, und sollst Kohlen brennen! Wenn andere große Taler oder Dukaten aus dem Ärmel schütteln, kannst du kaum ein paar Sechser aufwenden; 's ist ein ärmlich Leben."

„Wahr ist's, und Recht habt Ihr; ein elendes Leben."

„Na, mir soll's nicht darauf ankommen", fuhr der schreckliche Michel fort, „hab' schon manchem braven Kerl aus der Not geholfen, und du wärest nicht der erste. Sag' einmal, wieviel hundert Taler brauchst du fürs erste?"

Bei diesen Worten schüttelte er das Geld in seiner ungeheuren Tasche untereinander, und es klang wieder wie diese Nacht im Traum. Aber Peters Herz zuckte ängstlich und schmerzhaft bei diesen Worten, und es wurde ihm kalt und warm, und der Holländer-Michel sah nicht aus, wie wenn er aus Mitleid Geld wegschenkte, ohne etwas dafür zu verlangen. Es fielen ihm die geheimnisvollen Worte des alten Mannes über die reichen Menschen ein, und von unerklärlicher Angst und Bangigkeit gejagt, rief er: „Schönen Dank, Herr! aber mit Euch will ich nichts zu schaffen haben, ich kenn' Euch schon", und lief, was er laufen konnte. –

Aber der Waldgeist schritt mit ungeheuren Schritten neben ihm her und murmelte dumpf und drohend: „Wirst's noch bereuen, Peter, auf deiner Stirne steht's geschrieben, in deinem Auge ist's zu lesen, du entgehst mir nicht. – Lauf' nicht so schnell, höre nur noch ein vernünftig Wort, dort ist schon meine Grenze." Aber als Peter dies hörte und unweit vor sich einen kleinen Graben sah, beeilte er sich nur noch mehr, über die Grenze zu kommen, so daß Michel am Ende schneller laufen mußte und unter Flüchen und Drohungen ihn verfolgte. Der junge Mann setzte mit einem verzweifelten Sprung über den Graben, denn er sah, wie der Waldgeist mit seiner Stange ausholte und sie auf ihn niederschmettern lassen wollte; er kam glücklich jenseits an, und die Stange zersplitterte in der Luft, wie an einer unsichtbaren Mauer, und ein langes Stück fiel zu Peter herüber.

Triumphierend hob er es auf, um es dem groben Holländer-Michel zuzuwerfen; aber in diesem Augenblick fühlte er das Stück Holz in seiner Hand sich bewegen und zu seinem Entsetzen sah er, daß es eine ungeheure Schlange sei, was er in der Hand hielt, die sich schon mit geifernder Zunge und mit blitzenden Augen an ihm hinaufbäumte. Er ließ sie los, aber sie hatte sich schon fest um seinen Arm gewickelt und kam mit schwankendem Kopfe seinem Gesichte immer näher; da rauschte auf einmal ein ungeheurer Auerhahn nieder, packte den Kopf der Schlange mit dem Schnabel, erhob sich mit ihr in die Lüfte, und Holländer-Michel, der dies alles von dem Graben aus gesehen hatte, heulte und schrie und raste, als die Schlange von einem Gewaltigeren entführt ward.

Erschöpft und zitternd setzte Peter seinen Weg fort; der Pfad wurde steiler, die Gegend wilder, und bald befand er sich an der ungeheuren Tanne. Er machte wieder wie gestern seine Verbeugungen gegen das unsichtbare Glasmännlein und hub dann an:

Schatzhauser im grünen Tannenwald,
Bist schon viel hundert Jahre alt.
Dein ist all' Land, wo Tannen stehn,
Läßt dich nur Sonntagskindern sehn.

„Hast's zwar nicht ganz getroffen, aber weil du es bist, Kohlenmunkpeter, so soll es so hingehen", sprach eine zarte, feine

Stimme neben ihm. Erstaunt sah er sich um, und unter einer schönen Tanne saß ein kleines, altes Männlein in schwarzem Wams und roten Strümpfen, und den großen Hut auf dem Kopfe. Er hatte ein feines, freundliches Gesichtchen und ein Bärtchen so zart wie aus Spinnweben; er rauchte, was sonderbar anzusehen war, aus einer Pfeife von blauem Glas, und als Peter nähertrat, sah er zu seinem Erstaunen; daß auch Kleider, Schuhe und Hut des Kleinen aus gefärbtem Glas bestanden aber es war geschmeidig, als ob es noch heiß wäre, denn es schmiegte sich wie Tuch nach jeder Bewegung des Männleins.

„Du bist dem Flegel begegnet, dem Holländer-Michel?" sagte der Kleine, indem er zwischen jedem Wort sonderbar hüstelte. „Er hat dich recht ängstigen wollen, aber seinen Kunstprügel habe ich ihm abgejagt, den soll er nimmer wiederkriegen."

„Ja, Herr Schatzhauser", erwiderte Peter mit einer tiefen Verbeugung, „es war mir recht bange. Aber Ihr seid wohl der Herr Auerhahn gewesen, der die Schlange totgebissen; da bedanke ich mich schönstens. – Ich komme aber, um mir Rats zu erholen bei Euch; es geht mir gar schlecht und hinderlich; ein Kohlenbrenner bringt es nicht weit, und da ich noch jung bin, dächte ich doch, es könnte noch was Besseres aus mir werden; und wenn ich oft andere sehe, wie weit die es in kurzer Zeit gebracht haben, wenn ich nur den Ezechiel nehme und den Tanzbodenkönig: die haben Geld wie Heu."

„Peter", sagte der Kleine sehr ernst und blies den Rauch aus seiner Pfeife weit hinweg, „Peter, sag' mir nichts von diesen. Was haben sie davon, wenn sie hier ein paar Jahre dem Scheine nach glücklich und dann nachher desto unglücklicher sind? Du mußt dein Handwerk nicht verachten; dein Vater und Großvater waren Ehrenleute und haben es auch getrieben, Peter Munk! Ich will nicht hoffen, daß es Liebe zum Müßiggang ist, was dich zu mir führt."

Peter erschrak vor dem Ernst des Männleins und errötete. „Nein", sagte er, „Müßiggang, weiß ich wohl, Herr Schatzhauser im Tannenwald, Müßiggang ist aller Laster Anfang, aber das könnt Ihr mir nicht übelnehmen, wenn mir ein anderer Stand besser gefällt, als der meinige. Ein Kohlenbrenner ist halt gar so etwas

Geringes auf der Welt, und die Glasleute und Flößer und Uhrmacher und alle sind angesehener."

„Hochmut kommt oft vor dem Fall", erwiderte der kleine Herr vom Tannenwald etwas freundlicher. „Ihr seid ein sonderbar Geschlecht, ihr Menschen! Selten ist einer mit dem Stand ganz zufrieden, in dem er geboren und erzogen ist; und was gilt's, wenn du ein Glasmann wärest, möchtest du gerne ein Holzherr sein, und wärest du Holzherr, so stünde dir des Försters Dienst oder des Amtmanns Wohnung an! Aber es sei; wenn du versprichst, brav zu arbeiten, so will ich dir zu etwas Besserem verhelfen, Peter. Ich pflege jedem Sonntagskind, das sich zu mir zu finden weiß, drei Wünsche zu gewähren; die ersten zwei sind frei, den dritten kann ich verweigern, wenn er töricht ist. So wünsche dir also jetzt etwas; aber – Peter, etwas Gutes und Nützliches!"

„Heisa! Ihr seid ein treffliches Glasmännlein, und mit Recht nennt man Euch Schatzhauser, denn bei Euch sind die Schätze zu Hause. Nu – und also darf ich wünschen, wonach mein Herz begehrt, so will ich denn fürs erste, daß ich noch besser tanzen könne, als der Tanzbodenkönig, und immer so viel Geld in der Tasche habe, als der dicke Ezechiel."

„Du Tor!" erwiderte der Kleine zürnend; „welch' ein erbärmlicher Wunsch ist dies, gut tanzen zu können und Geld zum Spiel zu haben! Schämst du dich nicht, dummer Peter, dich selbst so um dein Glück zu betrügen? Was nützt es dir und deiner armen Mutter, wenn du tanzen kannst? Was nützt dir dein Geld, das nach deinem Wunsch nur für das Wirtshaus ist, und wie das des elenden Tanzbodenkönigs dortbleibt? Dann hast du wieder die ganze Woche nichts und darbst wie zuvor. Noch einen Wunsch gebe ich dir frei, aber sieh dich vor, daß du vernünftiger wünschest!"

Peter kratzte sich hinter den Ohren und sprach nach einigem Zögern: „Nun, so wünsche ich mir die schönste und reichste Glashütte im ganzen Schwarzwald mit allem Zubehör und Geld, sie zu leiten."

„Sonst nichts?" fragte der Kleine mit besorglicher Miene. „Peter, sonst nichts?"

„Nun – Ihr könnt noch ein Pferd dazutun und ein Wägelchen –"

„O, du dummer Kohlenmunkpeter!" rief der Kleine und warf seine gläserne Pfeife im Unmut an eine dicke Tanne, daß sie in hundert Stücke sprang, „Pferde? Wägelchen? Verstand, sag' ich dir, Verstand, gesunden Menschenverstand und Einsicht hättest du dir wünschen sollen, aber nicht Pferdchen und Wägelchen. Nun, werde nur nicht so traurig, wir wollen sehen, daß es auch so nicht zu deinem Schaden ist; denn der zweite Wunsch war im ganzen nicht töricht. Eine gute Glashütte nährt auch ihren Mann und Meister, nur hättest du Einsicht und Verstand dazu mitnehmen können, Wagen und Pferde wären dann wohl von selbst gekommen."

„Aber, Herr Schatzhauser", erwiderte Peter, „ich habe ja noch einen Wunsch übrig; da könnte ich ja Verstand wünschen, wenn er mir so überaus nötig ist, wie Ihr meint."

„Nichts da. Du wirst noch in manche Verlegenheit kommen, wo du froh sein wirst, wenn du noch einen Wunsch frei hast; und nun mache dich auf den Weg nach Hause. Hier sind", sprach der kleine Tannengeist, indem er ein kleines Beutelein aus der Tasche zog, „hier sind zweitausend Gulden, und damit genug, und komm' mir nicht wieder, um Geld zu fordern, denn dann müßte ich dich an die höchste Tanne aufhängen. So hab' ich's gehalten, seit ich in dem Wald wohne. Vor drei Tagen aber ist der alte Winkfritz gestorben, der die große Glashütte gehabt hat im Unterwald. Dorthin gehe morgen frühe und mach' ein Bot auf das Gewerbe, wie es recht ist. Halt dich wohl, sei fleißig, und ich will dich zuweilen besuchen und dir mit Rat und Tat an die Hand gehen, weil du dir doch keinen Verstand erbeten. Aber, und das sag' ich dir ernstlich, dein erster Wunsch war böse. Nimm dich in acht vor dem Wirtshauslaufen, Peter! 's hat noch bei keinem lange gut getan." Das Männlein hatte, während es dies sprach, eine neue Pfeife vom schönsten Beinglas hervorgezogen, sie mit gedörrten Tannenzapfen gestopft und in den kleinen zahnlosen Mund gesteckt. Dann zog es ein ungeheures Brennglas hervor, trat in die Sonne und zündete seine Pfeife an. Als er damit fertig war, bot er dem Peter freundlich die Hand, gab ihm noch ein paar gute Lehren auf den Weg, rauchte und blies immer schneller und verschwand endlich in einer Rauchwolke, die nach echtem holländischem Tabak roch und langsam sich kräuselnd in den Tannenwipfeln verschwebte.

Als Peter nach Haus kam, fand er seine Mutter sehr in Sorgen um ihn, denn die gute Frau glaubte nicht anders, als ihr Sohn sei zum Soldaten ausgehoben worden. Er aber war fröhlich und guter Dinge und erzählte ihr, wie er im Walde einen guten Freund getroffen, der ihm Geld vorgeschossen habe, um ein anderes Geschäft als Kohlenbrennen anzufangen. Obgleich seine Mutter schon seit dreißig Jahren in der Köhlerhütte wohnte und an den Anblick berußter Leute so gewöhnt war, als jede Müllerin an das

Mehlgesicht ihres Mannes, so war sie doch eitel genug, sobald ihr Peter ein glänzenderes Los zeigte, ihren früheren Stand zu verachten und sprach: „Ja, als Mutter eines Mannes, der eine Glashütte besitzt, bin ich doch was anderes, als Nachbarin Grete und Bete, und setze mich in Zukunft vornehm in der Kirche, wo rechte Leute sitzen." Ihr Sohn aber wurde mit den Erben der Glashütte bald handelseinig. Er behielt die Arbeiter, die er vorfand, bei sich und ließ nun Tag und Nacht Glas machen. Anfangs gefiel ihm das Handwerk wohl. Er pflegte gemächlich in die Glashütte hinabzusteigen, ging dort mit vornehmen Schritten, die Hände in die Taschen gesteckt, hin und her, guckte dahin, guckte dorthin, sprach dies und jenes, worüber seine Arbeiter oft nicht wenig lachten, und seine größte Freude war, das Glas blasen zu sehen, und oft machte er sich an die Arbeit und formte aus der noch weichen Masse die sonderbarsten Figuren. Bald aber war ihm die Arbeit entleidet, und er kam zuerst nur noch eine Stunde des Tages in die Hütte, dann nur alle zwei Tage, endlich die Woche nur einmal, und seine Gesellen machten, was sie wollten. Das alles kam aber nur vom Wirtshauslaufen. Den Sonntag, nachdem er vom Tannenbühl zurückgekommen war, ging er ins Wirtshaus, und wer schon auf dem Tanzboden sprang, war der Tanzbodenkönig, und der dicke Ezechiel saß auch schon hinter der Maßkanne und knöchelte um Kronentaler. Da fuhr Peter schnell in die Tasche, zu sehen, ob ihm das Glasmännlein Wort gehalten, und siehe, seine Tasche strotzte von Silber und Gold. Auch in seinen Beinen zuckte und drückte es, wie wenn sie tanzen und springen wollten, und als der erste Tanz zu Ende war, stellte er sich mit seiner Tänzerin obenan neben den Tanzbodenkönig, und sprang dieser drei Schuh hoch, so flog Peter vier, und machte dieser wunderliche und zierliche Schritte, so verschlang und drehte Peter seine Beine, daß alle Zuschauer vor Lust und Verwunderung beinahe außer sich kamen. Als man aber auf dem Tanzboden vernahm, daß Peter eine Glashütte gekauft habe, als man sah, daß er, so oft er an den Musikanten vorbeitanzte, ihnen einen Sechsbätzner zuwarf, da war des Staunens kein Ende. Die einen glaubten, er habe einen Schatz im Walde gefunden, die anderen meinten, er habe eine Erbschaft getan, aber alle verehrten ihn jetzt und hielten ihn für einen gemachten Mann, nur weil er Geld hatte. Verspielte er doch noch an demselben Abend zwanzig Gulden, und nichts desto minder rasselte und klang es in seiner Tasche, wie wenn noch hundert Taler darin wären.

Als Peter sah, wie angesehen er war, wußte er sich vor Freude und Stolz nicht zu fassen. Er warf das Geld mit vollen Händen weg und teilte es den Armen reichlich mit, wußte er doch, wie ihn selbst einmal die Armut gedrückt hatte. Des Tanzbodenkönigs

Künste wurden vor den übernatürlichen Künsten des neuen Tänzers zuschanden, und Peter führte jetzt den Namen *Tanzkaiser*. Die unternehmendsten Spieler am Sonntag wagten nicht so viel wie er, aber sie verloren auch nicht so viel. Und je mehr er verlor, desto mehr gewann er. Das verhielt sich aber ganz so, wie er es vom kleinen Glasmännlein verlangt hatte. Er hatte sich gewünscht, immer so viel Geld in der Tasche zu haben, wie der dicke Ezechiel, und gerade dieser war es, an welchen er sein Geld verspielte. Und wenn er zwanzig, dreißig Gulden auf einmal verlor, so hatte er sie alsobald wieder in der Tasche, wenn sie Ezechiel einstrich. Nach und nach brachte er es aber im Schlemmen und Spielen weiter, als die schlechtesten Gesellen im Schwarzwald, und man nannte ihn öfters *Spielpeter* als *Tanzkaiser*, denn er spielte jetzt auch beinahe an allen Werktagen. Darüber kam aber seine Glashütte nach und nach in Verfall, und daran war Peters Unverstand Schuld. Glas ließ er machen, so viel man immer machen konnte, aber er hatte mit der Hütte nicht zugleich das Geheimnis gekauft, wohin man es am besten verschließen könne. Er wußte am Ende mit der Menge Glas nichts anzufangen und verkaufte es um den halben Preis an herumziehende Händler, nur um seine Arbeiter bezahlen zu können.

Eines Abends ging er auch wieder vom Wirtshaus heim und dachte trotz des vielen Weines, den er getrunken, um sich fröhlich zu machen, mit Schrecken und Gram an den Verfall seines Vermögens; da bemerkte er auf einmal, daß jemand neben ihm gehe, er sah sich um, und siehe da – es war das Glasmännlein. Da geriet er in Zorn und Eifer, vermaß sich hoch und teuer und schwur, der Kleine sei an all' seinem Unglück schuld. „Was tu' ich nun mit Pferd und Wägelchen?" rief er; „was nützt mich die Hütte und all mein Glas? Selbst als ich noch ein elender Köhlersbursch war, lebte ich froher und hatte keine Sorgen. Jetzt weiß ich nicht, wann der Amtmann kommt, und meine Habe schätzt und mich pfändet der Schulden wegen!"

„So?" entgegnete das Glasmännlein, „so? Ich also soll Schuld daran sein, wenn du unglücklich bist? Ist dies der Dank für meine Wohltaten? Wer hieß dich auch so töricht wünschen? Ein Glasmann wolltest du sein und wußtest nicht, wohin dein Glas verkaufen? Sagte ich dir nicht, du solltest behutsam wünschen? Verstand. Peter, Klugheit hat dir gefehlt."

„Was Verstand und Klugheit!" rief jener; „ich bin ein so kluger Bursche als irgendeiner und will es dir zeigen, Glasmännlein", und bei diesen Worten faßte er das Männlein unsanft am Kragen und schrie: „Hab' ich dich jetzt, Schatzhauser im grünen Tannenwald? Und den dritten Wunsch will ich jetzt tun, den sollst du mir gewähren. Und so will ich hier auf der Stelle zweimalhunderttausend harte Taler, und ein Haus und – o weh!" schrie er und schüttelte die Hand, denn das Glasmännlein hatte sich in glühendes Glas verwandelt und brannte in seiner Hand wie sprühendes Feuer. Aber von dem Männlein war nichts mehr zu sehen.

Mehrere Tage lang erinnerte ihn seine geschwollene Hand an seine Undankbarkeit und Torheit; dann aber übertäubte er sein Gewissen und sprach: „Und wenn sie mir die Glashütte und alles verkaufen, so bleibt mir doch noch immer der dicke Ezechiel. So lange der Geld hat am Sonntag, kann es mir nicht fehlen."

Ja Peter! Aber wenn er keines hat? Und so geschah es eines Tages, und war ein wunderliches Rechenexempel. Denn eines Sonntags kam er angefahren ans Wirtshaus, und die Leute streckten die Köpfe durch die Fenster, und der eine sagte: „Da kommt der Spielpeter", und der anderen: „ja, der Tanzkaiser, der reiche Glasmann", und ein dritter schüttelte den Kopf und sprach: „Mit dem Reichtum kann man es machen, man sagt allerlei von seinen Schulden, und in der Stadt hat einer gesagt: der Amtmann werde nicht mehr lange säumen zum Auspfänden." Indessen grüßte der reiche Peter die Gäste am Fenster vornehm und gravitätisch, stieg vom Wagen und schrie: „Sonnenwirt, guten Abend, ist der dicke Ezechiel schon da?" Und eine tiefe Stimme rief: „Nur herein, Peter! Dein Platz ist dir aufbehalten, wir sind schon da und bei den Karten." So trat Peter Munk in die Wirtsstube, fuhr gleich in die Tasche und merkte, daß Ezechiel gut versehen sein müsse, denn seine Tasche war bis oben angefüllt.

Er setzte sich hinter den Tisch zu den anderen, und spielte und gewann und verlor hin und her, und so spielten sie, bis andere ehrliche Leute, als es Abend wurde, nach Hause gingen, und spielten bei Licht, bis zwei andere Spieler sagten: „Jetzt ist's genug, und wir müssen heim zu Frau und Kind." Aber Spielpeter forderte den dicken Ezechiel auf, zu bleiben. Dieser wollte lange nicht, endlich aber rief er: „Gut, jetzt will ich mein Geld zählen, und dann wollen wir knöcheln, den Satz um fünf Gulden, denn niederer ist es doch nur Kinderspiel." Er zog den Beutel und zählte, und fand hundert Gulden bar, und Spielpeter wußte nun, wieviel er selbst habe, und brauchte es nicht erst zu zählen. Aber hatte Ezechiel vorher gewonnen, so verlor er jetzt Satz für Satz und fluchte greulich dabei. Warf er einen Pasch, gleich warf Spielpeter auch einen, und immer zwei Augen höher. Da setzte er endlich die letzten fünf Gulden auf den Tisch und rief: „Noch einmal, und wenn ich auch den noch verliere, so höre ich doch nicht auf, dann leihst du mir von deinem Gewinn, Peter, ein ehrlicher Kerl hilft dem anderen!"

„So viel du willst, und wenn es hundert Gulden sein sollten", sprach der Tanzkaiser, fröhlich über seinen Gewinn, und der dicke Ezechiel schüttelte die Würfel und warf fünfzehn. „Pasch!" rief er, „jetzt wollen wir sehen!" Peter aber warf achtzehn, und eine heisere bekannte Stimme hinter ihm sprach: „So, das war der *letzte*."

Er sah sich um, und riesengroß stand der Holländer-Michel hinter ihm. Erschrocken ließ er das Geld fallen, das er schon eingezogen hatte. Aber der dicke Ezechiel sah den Waldmann nicht, sondern verlangte, der Spielpeter solle ihm zehn Gulden vorstrecken zum Spiel. Halb im Traum fuhr dieser mit der Hand in die Tasche, aber da war kein Geld, er suchte in der anderen Tasche, aber auch da fand sich nichts, er kehrte den Rock um, aber es fiel kein roter Heller heraus, und jetzt erst gedachte er seines eigenen ersten Wunsches, immer so viel Geld zu haben, als der dicke Ezechiel. Wie Rauch war alles verschwunden.

Der Wirt und Ezechiel sahen ihn staunend an, als er immer suchte und sein Geld nicht finden konnte; sie wollten ihm nicht glauben, daß er keines mehr habe; aber als sie endlich selbst in seinen Taschen suchten, wurden sie zornig und schwuren, der Spielpeter sei ein böser Zauberer, und habe all' das gewonnene Geld und sein eigenes nach Hause gewünscht. Peter verteidigte sich standhaft, aber der Schein war gegen ihn. Ezechiel sagte, er wolle die schreckliche Geschichte allen Leuten im Schwarzwald erzählen, und der Wirt versprach ihm, morgen mit dem frühesten in die Stadt zu gehen und Peter Munk als Zauberer anzuklagen, und er wolle es erleben, setzte er hinzu, daß man ihn verbrenne. Dann fielen sie wütend über ihn her, rissen ihm das Wams vom Leib und warfen ihn zur Türe hinaus.

Kein Stern schien am Himmel, als Peter trübselig seiner Wohnung zuschlich, aber dennoch konnte er eine dunkle Gestalt erkennen, die neben ihm herschritt und endlich sprach: „Mit dir ist's aus, Peter Munk, all' deine Herrlichkeit ist zu Ende, und das hätt' ich dir schon damals sagen können, als du nichts von mir hören wolltest und zu dem dummen Glaszwerg liefst. Da siehst du jetzt, was man davon hat, wenn man meinen Rat verachtet. Aber versuch es einmal mit mir, ich habe Mitleiden mit deinem Schicksal. Noch keinen hat es gereut, der sich an mich wandte, und wenn du den Weg nicht scheust, morgen den ganzen Tag bin ich am Tannenbühl zu sprechen, wenn du mich rufst." Peter merkte wohl, wer so zu ihm spreche, aber es kam ihm ein Grauen an. Er antwortete nichts, sondern lief seinem Hause zu.

Als Peter am Montagmorgen in seine Glashütte ging, da waren nicht nur seine Arbeiter da, sondern auch andere Leute, die man nicht gerne sieht, nämlich der Amtmann und drei Gerichtsdiener. Der Amtmann wünschte Peter einen guten Morgen, fragte, wie er geschlafen, und zog dann ein langes Register heraus, und darauf waren Peters Gläubiger verzeichnet. „Könnt Ihr zahlen oder nicht?" fragte der Amtmann mit strengem Blick. „Und macht es nur kurz, denn ich habe nicht viel Zeit zu versäumen, und in den Turm ist es drei gute Stunden." Da verzagte Peter, gestand, daß er nichts mehr habe, und überließ es dem Amtmann, Haus und Hof, Hütte und Stall, Wagen und Pferde zu schätzen; und als die Gerichtsdiener und der Amtmann umhergingen und prüften und schätzten, dachte er, bis zum Tannenbühl ist's nicht weit; hat mir der Kleine nicht geholfen, so will ich es einmal mit dem Großen versuchen. Er lief dem Tannenbühl zu, so schnell, als ob die Gerichtsdiener ihm auf den Fersen wären; es war ihm, als er an dem Platz vorbeirannte, wo er das Glasmännlein zuerst gesprochen, als halte ihn eine unsichtbare Hand auf; aber er riß sich los und lief weiter bis an die Grenze, die er sich früher wohlgemerkt hatte, und kaum hatte er, beinahe atemlos: „Holländer-Michel! Herr Holländer-Michel!" gerufen, als auch schon der riesengroße Flößer mit seiner Stange vor ihm stand.

„Kommst du?" sprach dieser lachend; „haben sie dir die Haut abziehen und deinen Gläubigern verkaufen wollen? Nun, sei ruhig; dein ganzer Jammer kommt, wie gesagt, von dem kleinen Glasmännlein, von dem Separatisten und Frömmler her. Wenn man schenkt, muß man gleich recht schenken, und nicht wie dieser Knauser. Doch komm", fuhr er fort und wandte sich gegen den Wald, „folge mir in mein Haus, dort wollen wir sehen, ob wir handelseinig werden."

„Handelseinig?" dachte Peter. „Was kann er denn von mir verlangen, was kann ich an ihn verhandeln? Soll ich ihm etwa dienen oder was will er?" Sie gingen zuerst über einen steilen Waldsteig hinan und standen dann mit einem Male an einer dunklen, tiefen, abschüssigen Schlucht; Holländer-Michel sprang den Felsen hinab, wie wenn es eine sanfte Marmortreppe wäre; aber bald wäre Peter in Ohnmacht gesunken, denn als jener unten angekommen war, machte er sich so groß wie ein Kirchturm und reichte ihm einen Arm, so lange als ein Weberbaum, und eine Hand daran, so breit als der Tisch im Wirtshaus, und rief mit einer Stimme, die heraufschallte wie eine tiefe Totenglocke: „Setz dich nur auf meine Hand und halte dich an den Fingern, so wirst du nicht fallen." Peter tat zitternd, wie jener befohlen, nahm Platz auf der Hand und hielt sich am Daumen des Riesen.

Es ging weit und tief hinab, aber dennoch ward es zu Peters Verwunderung nicht dunkler; im Gegenteile, die Tageshelle schien sogar zuzunehmen in der Schlucht, aber er konnte sie lange in den Augen nicht ertragen. Der Holländer-Michel hatte sich, je weiter Peter herabkam, wieder kleiner gemacht, und stand nun in seiner früheren Gestalt vor einem Haus, so gering oder gut, als es reiche Bauern auf dem Schwarzwald haben. Die Stube, in welche Peter geführt wurde, unterschied sich durch nichts von den Stuben anderer Leute, als dadurch, daß sie einsam schien.

Die hölzerne Wanduhr, der ungeheure Kachelofen, die breiten Bänke, die Gerätschaften auf den Gesimsen waren hier wie überall. Michel wies ihm einen Platz hinter dem großen Tisch an, ging dann hinaus und kam bald mit einem Krug Wein und Gläsern wieder. Er goß ein und nun schwatzten sie, und Holländer-Michel erzählte von den Freuden der Welt, von fremden Ländern, schönen Städten und Flüssen, daß Peter, am Ende große Sehnsucht danach bekommend, dies auch offen dem Holländer sagte.

„Wenn du im ganzen Körper Mut und Kraft, etwas zu unternehmen, hattest, da konnten ein paar Schläge des dummen Herzens dich zittern machen; und dann die Kränkungen der Ehre, das Unglück – wozu soll sich ein vernünftiger Kerl um dergleichen bekümmern? Hast du's im Kopfe empfunden, als dich letzthin einer einen Betrüger und schlechten Kerl nannte? Hat es dir im Magen wehe getan, als der Amtmann kam, dich aus dem Hause zu werfen? Was, sag' an, was hat dir wehe getan?"

„Mein Herz", sprach Peter, indem er die Hand auf die pochende Brust preßte; denn es war ihm, als ob sein Herz sich ängstlich hin und her wendete.

„Du hast, nimm es mir nicht übel, du hast viele hundert Gulden an schlechte Bettler und anderes Gesindel weggeworfen; was hat es dir genützt? Sie haben dir dafür Segen und einen gesunden Leib gewünscht; ja, bist du deswegen gesünder geworden? Um die Hälfte des verschleuderten Geldes hättest du einen Arzt gehalten. Segen, ja ein schöner Segen, wenn man ausgepfändet und ausgestoßen wird! Und was war es, das dich getrieben, in die Tasche zu fahren, so oft ein Bettelmann seinen zerlumpten Hut hinstreckte? – Dein Herz, auch wieder dein Herz, und weder deine Augen, noch deine Zunge, deine Arme, noch deine Beine, sondern dein Herz; du hast dir es, wie man richtig sagt, zu sehr zu Herzen genommen."

„Aber wie kann man sich denn angewöhnen, daß es nicht mehr so ist? Ich gebe mir jetzt alle Mühe, es zu unterdrücken, und dennoch pocht mein Herz und tut mir wehe."

„Du freilich", rief jener mit Lachen, „du armer Schelm kannst nichts dagegen tun; aber gib mir das kleine pochende Ding, und du wirst sehen, wie gut du es dann hast."

„Euch, mein Herz?" schrie Peter mit Entsetzen, „da müßte ich ja sterben auf der Stelle! Nimmermehr!"

„Ja, wenn dir einer eurer Herren Chirurgen das Herz aus dem Leibe operieren wollte, da müßtest du wohl sterben; bei mir ist dies ein anderes Ding; doch komm herein und überzeuge dich selbst." Er stand bei diesen Worten auf, öffnete eine Kammertüre und führte Peter hinein. Sein Herz zog sich krampfhaft zusammen, als er über die Schwelle trat, aber er achtete es nicht, denn der Anblick, der sich ihm bot, war sonderbar und überraschend. Auf mehreren Gesimsen von Holz standen Gläser mit durchsichtiger Flüssigkeit gefüllt, und in jedem dieser Gläser lag ein Herz; auch waren an den Gläsern Zettel angeklebt und Namen darauf geschrieben, die Peter neugierig las; da war das Herz des

Amtmanns in F., das Herz des dicken Ezechiel, das Herz des Tanzbodenkönigs, das Herz des Oberförsters, da waren sechs Herzen von Kornwucherern, acht von Werboffizieren, drei von Geldmäklern – kurz, es war eine Sammlung der angesehensten Herzen in der Umgegend von zwanzig Stunden.

„Schau!" sprach Holländer-Michel, „diese alle haben des Lebens Ängste und Sorgen weggeworfen, keines dieser Herzen schlägt mehr ängstlich und besorgt, und ihre ehemaligen Besitzer befinden sich wohl dabei, daß sie den unruhigen Gast aus dem Hause haben."

„Aber was tragen sie denn jetzt dafür in der Brust?" fragte Peter, den dies alles, was er gesehen, beinahe schwindeln machte.

„Dies", antwortete jener und reichte ihm aus einem Schubfach – ein *steinernes* Herz.

„So?" erwiderte er und konnte sich eines Schauers, der ihm über die Haut ging, nicht erwehren. „Ein Herz von Marmelstein? Aber, horch einmal, Herr Holländer-Michel, das muß doch gar kalt sein in der Brust."

„Freilich, aber ganz angenehm kühl. Warum soll denn ein Herz warm sein? Im Winter nützt dir die Wärme nichts, da hilft ein guter Kirschengeist mehr als ein warmes Herz, und im Sommer, wenn alles schwül und heiß ist, – du glaubst nicht, wie dann ein solches Herz abkühlt. Und wie gesagt, weder Angst noch Schrekken, weder törichtes Mitleiden noch anderer Jammer pocht an solch ein Herz."

„Und das ist alles, was Ihr mir geben könnt", fragte Peter unmutig, „ich hoff' auf Geld, und Ihr wollt mir einen Stein geben!"

„Nun, ich denke, an hunderttausend Gulden hättest du fürs erste genug. Wenn du es geschickt umtreibst, kannst du bald ein Millionär werden."

„Hunderttausend!" rief der arme Köhler freudig. „Nun, so poche doch nicht so ungestüm in meiner Brust, wir werden bald fertig sein miteinander. Gut, Michel; gebt mir den Stein und das Geld, und die Unruh' könnt Ihr aus dem Gehäuse nehmen."

„Ich dachte es doch, daß du ein vernünftiger Bursche seiest", antwortete der Holländer freundlich lächelnd; „komm, laß uns noch eins trinken, und dann will ich das Geld auszahlen."

So setzten sie sich wieder in die Stube zum Wein, tranken und tranken wieder, bis Peter in einen tiefen Schlaf verfiel.

Kohlenmunkpeter erwachte beim fröhlichen Schmettern eines Posthorns, und siehe da, er saß in einem schönen Wagen, fuhr auf einer breiten Straße dahin, und als er sich aus dem Wagen bog, sah er in blauer Ferne hinter sich den Schwarzwald liegen. Anfänglich wollte er gar nicht glauben, daß er es selbst sei, der in diesem Wagen sitze. Denn auch seine Kleider waren gar nicht mehr dieselben, die er gestern getragen, aber er erinnerte sich doch an alles so deutlich, daß er endlich sein Nachsinnen aufgab und rief: „Der Kohlenmunkpeter bin ich, das ist ausgemacht, und kein anderer."

Er wunderte sich über sich selbst, daß er gar nicht wehmütig werden konnte, als er jetzt zum erstenmal aus der stillen Heimat, aus den Wäldern, wo er so lange gelebt, auszog. Selbst nicht, als er an seine Mutter dachte, die jetzt wohl hilflos und im Elend saß, konnte er eine Träne aus dem Auge pressen oder nur seufzen; denn es war ihm alles so gleichgültig. „Ach freilich", sagte er dann, „Tränen und Seufzer, Heimweh und Wehmut kommen ja aus dem Herzen, und Dank dem Holländer-Michel, – das meine ist kalt und von Stein."

Er legte seine Hand auf die Brust, und es war ganz ruhig dort und rührte sich nichts. „Wenn er mit den Hunderttausenden so gut Wort hielt, wie mit dem Herz, so soll es mich freuen", sprach er und fing an, seinen Wagen zu untersuchen. Er fand Kleidungsstücke von aller Art, wie er sie nur wünschen konnte, aber kein Geld. Endlich stieß er auf eine Tasche und fand viele tausend Taler in Gold und Scheinen auf Handlungshäuser in allen großen Städten. „Jetzt hab' ich's, wie ich's wollte", dachte er, setzte sich bequem in die Ecke des Wagens und fuhr in die weite Welt.

Er fuhr zwei Jahre in der Welt umher und schaute aus seinem Wagen links und rechts an den Häusern hinauf, schaute, wenn er anhielt, nichts als das Schild seines Wirtshauses an, lief dann in der Stadt umher und ließ sich die schönsten Merkwürdigkeiten zeigen. Aber es freute ihn nichts, kein Bild, kein Haus, keine Musik, kein Tanz, sein Herz von Stein nahm an nichts Anteil, und seine Augen, seine Ohren waren abgestumpft für alles Schöne. Nichts war ihm mehr geblieben, als die Freude an Essen und Trinken und der Schlaf, und so lebte er, indem er ohne Zweck durch die Welt reiste, zu seiner Unterhaltung speiste und aus Langeweile schlief. Hie und da erinnerte er sich zwar, daß er fröhlicher, glücklicher gewesen sei, als er noch arm war und arbeiten mußte, um sein Leben zu fristen. Da hatte ihn jede schöne Aussicht ins Tal, Musik und Gesang hatten ihn ergötzt, da hatte er sich stundenlang auf die einfache Kost, die ihm die Mutter zu dem Meiler bringen sollte, gefreut. Wenn er so über die Vergangenheit nachdachte, so kam es ihm ganz sonderbar vor, daß er jetzt nicht einmal lachen konnte, und sonst hatte er über den kleinsten Scherz gelacht. Wenn andere lachten, so verzog er nur aus Höflichkeit den Mund, aber sein Herz – lächelte nicht mit. Er fühlte dann, daß er zwar überaus ruhig sei, aber zufrieden fühlte er sich doch nicht. Es war

nicht Heimweh oder Wehmut, sondern Öde, Überdruß, freuden-
loses Leben, was ihn endlich wieder zur Heimat trieb.

Als er von Straßburg herüberfuhr und den dunklen Wald seiner
Heimat erblickte, als er zum ersten Mal wieder jene kräftigen Gestalten, jene freundlichen, treuen Gesichter der Schwarzwälder
sah, als sein Ohr die heimatlichen Klänge stark, tief, aber wohltö-
nend vernahm, da fühlte er schnell an sein Herz, denn sein Blut
wallte stärker, und er glaubte, er müsse sich freuen und müsse
weinen zugleich, aber – wie konnte er nur so töricht sein, er hatte
ja ein Herz von Stein, und Steine sind tot und lächeln und weinen
nicht.

Sein erster Gang war zum Holländer-Michel, der ihn mit alter
Freundlichkeit aufnahm. „Michel", sagte er zu ihm, „gereist bin
ich nun, und habe alles gesehen, ist aber alles dummes Zeug, und
ich hatte nur Langeweile. Überhaupt, Euer steinernes Ding, das
ich in der Brust trage, schützt mich zwar vor manchem; ich
erzürne mich nie, bin nie traurig, aber ich freue mich auch nie,
und es ist mir, als wenn ich nur halb lebte. Könnt Ihr das
Steinherz nicht ein wenig beweglicher machen? Oder – gebt mir
lieber mein altes Herz. Ich hatte mich in fünfundzwanzig Jahren
daran gewöhnt, und wenn es zuweilen auch einen dummen Streich
machte, so war es doch munter und ein fröhliches Herz."

Der Waldgeist lachte grimmig und bitter. „Wenn du einmal tot bist, Peter Munk", antwortete er, „dann soll es dir nicht fehlen, dann sollst du dein weiches, rührbares Herz wiederhaben, und du kannst dann fühlen, was kommt, Freud' oder Leid. Aber hier oben kann es nicht mehr dein werden! Doch, Peter, gereist bist du wohl, aber, so wie du lebtest, konnte es dir nichts nützen. Setze dich jetzt hier irgendwo im Wald, bau' ein Haus, heirate, treibe dein Vermögen um, es hat dir nur an Arbeit gefehlt; weil du müßig warst, hattest du Langeweile, und schiebst jetzt alles auf dieses unschuldige Herz." Peter sah ein, daß Michel Recht habe, was den Müßiggang beträfe, und nahm sich vor, reich und immer reicher zu werden. Michel schenkte ihm noch einmal hunderttausend Gulden und entließ ihn als seinen guten Freund.

Bald vernahm man im Schwarzwald die Märe, der Kohlenmunkpeter oder Spielpeter sei wieder da, und noch viel reicher als zuvor. Es ging auch jetzt wie immer; als er am Bettelstab war, wurde er in der *Sonne* zur Türe hinausgeworfen, und als er nun an einem Sonntagnachmittag seinen ersten Einzug dort hielt, schüttelten sie ihm die Hand, lobten sein Pferd, fragten nach seiner Reise, und als er wieder mit dem dicken Ezechiel um harte Taler spielte, stand er in der Achtung so hoch als je. Er trieb jetzt aber nicht mehr das Glashandwerk, sondern den Holzhandel, aber nur zum Schein. Sein Hauptgeschäft war, mit Korn und Geld zu handeln. Der halbe Schwarzwald wurde ihm nach und nach schuldig, aber er lieh Geld nur auf zehn Prozente aus, oder verkaufte Korn an die Armen, die nicht gleich zahlen konnten, um den dreifachen Wert. Mit dem Amtmann stand er jetzt in enger Freundschaft, und wenn einer Herrn Peter Munk nicht auf den Tag bezahlte, so ritt der Amtmann mit seinen Schergen hinaus, schätzte Haus und Hof, verkaufte es flugs, und trieb Vater, Mutter und Kind in den Wald. Anfangs machte dies dem reichen Peter einige Unlust, denn die armen Ausgepfändeten belagerten dann haufenweise seine Türe, die Männer flehten um Nachsicht, die Weiber suchten das steinerne Herz zu erweichen, und die Kinder winselten um ein Stücklein Brot. Aber als er sich ein Paar tüchtige Fleischerhunde angeschafft hatte, hörte diese Katzenmusik, wie er es nannte, bald auf. Er pfiff und hetzte, und die Bettelleute flogen schreiend auseinander.

Am meisten Beschwerde machte ihm das „alte Weib." Das war aber niemand anders, als Frau Munkin, Peters Mutter. Sie war in

Not und Elend geraten, als man ihr Haus und Hof verkauft hatte, und ihr Sohn, als er reich zurück-gekehrt war, hatte nicht mehr nach ihr umgesehen. Da kam sie nun zuweilen, alt, schwach und gebrechlich an einem Stock vor das Haus. Hinein wagte sie sich nicht mehr, denn er hatte sie einmal weggejagt; aber es tat ihr wehe, von den Guttaten anderer Menschen leben zu müssen, da der eigene Sohn ihr ein sorgloses Alter hätte bereiten können. Aber das kalte Herz wurde nimmer gerührt von dem Anblicke der bleichen, wohlbekannten Züge, von den bittenden Blicken, von der welken, ausgestreckten Hand, von der hinfälligen Gestalt. Mürrisch zog er, wenn sie sonnabends an die Türe pochte, einen Sechsbätzner hervor, schlug ihn in ein Papier und ließ ihn hinausreichen durch einen Knecht. Er vernahm ihre zitternde Stimme, wenn sie dankte und wünschte, es möge ihm wohlgehen auf Erden; er hörte sie hüstelnd von der Türe schleichen, aber er dachte weiter nicht mehr daran, als daß er wieder sechs Batzen umsonst ausgegeben.

Endlich kam Peter auf den Gedanken zu heiraten. Er wußte, daß im ganzen Schwarzwald jeder Vater ihm gerne seine Tochter geben würde; aber er war schwierig in seiner Wahl, denn er wollte, daß man auch hierin sein Glück und seinen Verstand preisen sollte; daher ritt er umher im ganzen Wald, schaute hier, schaute dort, und keine der schönen Schwarzwälderinnen deuchte ihm schön genug. Endlich, nachdem er auf allen Tanzböden umsonst nach der Schönsten ausgeschaut hatte, hörte er eines Tages, die Schönste und Tugendsamste im ganzen Wald sei des armen Holzhauers Tochter. Sie lebe still und für sich, besorge geschickt und emsig ihres Vaters Haus, und lasse sich nie auf dem Tanzboden sehen, nicht einmal zu Pfingsten oder Kirchweih. Als Peter von diesem Wunder des Schwarzwalds hörte, beschloß er, um sie zu werben, und ritt nach der Hütte, die man ihm bezeichnet hatte. Der Vater der schönen Lisbeth empfing den vornehmen Herrn mit Staunen und erstaunte noch mehr, als er hörte, es sei dies der reiche Herr Peter und er wolle sein Schwiegersohn werden. Er besann sich auch nicht lange, denn er meinte, alle seine Sorge und Armut werde nun ein Ende haben, sagte zu, ohne die schöne Lisbeth zu fragen, und das gute Kind war so folgsam, daß sie ohne Widerrede Frau Peter Munkin wurde.

Aber es wurde der Armen nicht so gut, als sie sich geträumt hatte. Sie glaubte ihr Hauswesen wohl zu verstehen, aber sie konnte Herrn Peter nichts zu Dank machen, sie hatte Mitleiden mit armen Leuten, und da ihr Eheherr reich war, dachte sie, es sei keine Sünde, einem armen Bettelweib einen Pfennig oder einem alten Mann einen Schnaps zu reichen; aber als Herr Peter dies eines Tages merkte, sprach er mit zürnenden Blicken und rauher Stimme:

„Warum verschleuderst du mein Vermögen an Lumpen und Straßenläufer? Hast du was mitgebracht ins Haus, das du weg-schenken könntest? Mit deines Vaters Bettelstab kann man keine

Suppe wärmen, und wirfst das Geld aus, wie eine Fürstin. Noch einmal laß dich betreten, so sollst du meine Hand fühlen!" Die schöne Lisbeth weinte in ihrer Kammer über den harten Sinn ihres Mannes, und sie wünschte oft, lieber daheim zu sein in ihres Vaters ärmlicher Hütte, als bei dem reichen, aber geizigen, hartherzigen Peter zu hausen. Ach, hätte sie gewußt, daß er ein Herz von Marmor habe, und weder sie noch irgendeinen Menschen lieben könne, so hätte sie sich wohl nicht gewundert. So oft sie aber jetzt unter der Türe saß, und es ging ein Bettelmann vorüber und zog den Hut und hub an seinen Spruch, so drückte sie die Augen zu, das Elend nicht zu schauen, sie ballte die Hand fester, damit sie nicht unwillkürlich in die Tasche fahre, ein Kreuzerlein herauszulangen. So kam es, daß die schöne Lisbeth im ganzen Wald verschrien wurde, und es hieß, sie sei noch geiziger als Peter Munk. Aber eines Tages saß Frau Lisbeth wieder vor dem Haus und spann und murmelte ein Liedchen dazu; denn sie war munter, weil es schön Wetter und Herr Peter ausgeritten war über Feld. Da kommt ein altes Männlein des Weges daher, das trägt einen großen, schweren Sack, und sie hört es schon von weitem keuchen. Teilnehmend sieht ihm Frau Lisbeth zu und denkt, einem so alten kleinen Mann sollte man nicht mehr so schwer aufladen.

Indes keucht und wankt das Männlein heran, und als es gegenüber von Frau Lisbeth war, brach es unter dem Sacke beinahe zusammen. „Ach, habt die Barmherzigkeit, Frau, und reicht mir nur einen Trunk Wasser", sprach das Männlein; „ich kann nicht weiter, muß elend verschmachten."

„Aber Ihr solltet in Eurem Alter nicht mehr so schwer tragen", sagte Frau Lisbeth.

„Ja, wenn ich nicht Boten gehen müßte, der Armut halber und um mein Leben zu fristen", antwortete er; „ach, so eine reiche Frau, wie Ihr, weiß nicht, wie wehe Armut tut, und wie wohl ein frischer Trunk bei solcher Hitze."

Als sie dies hörte, eilte sie in das Haus, nahm einen Krug vom Gesims und füllte ihn mit Wasser; doch als sie zurückkehrte und nur noch wenige Schritte von ihm war, und das Männlein sah, wie es so elend und verkümmert auf dem Sack saß, da fühlte sie inniges Mitleid, bedachte, daß ja ihr Mann nicht zu Hause sei, und so stellte sie den Wasserkrug beiseite, nahm einen Becher und füllte ihn mit Wein, legte ein gutes Roggenbrot darauf und brachte es dem Alten. „So, und ein Schluck Wein mag Euch besser frommen, als Wasser, da Ihr schon so gar alt seid", sprach sie; „aber trinkt nicht so hastig und eßt auch Brot dazu."

Das Männlein sah sie staunend an, bis große Tränen in seinen alten Augen standen, es trank und sprach dann: „Ich bin alt geworden, aber ich hab' wenige Menschen gesehen, die so mitleidig wären, und ihre Gaben so schön und herzig zu spenden wüßten, wie Ihr, Frau Lisbeth. Aber es wird Euch dafür auch recht wohlgehen auf Erden; solch ein Herz bleibt nicht unbelohnt."

„Nein, und den Lohn soll sie zur Stelle haben!" schrie eine schreckliche Stimme, und als sie sich umsahen, war es Herr Peter mit blutrotem Gesicht.

„Und sogar meinen Ehrenwein gießt du aus an Bettelleute, und meinen Mundbecher gibst du an die Lippen der Straßenläufer? Da, nimm deinen Lohn!" Frau Lisbeth stürzte zu seinen Füßen und bat um Verzeihung; aber das steinerne Herz kannte kein Mitleid, er drehte die Peitsche um, die er in der Hand hielt, und schlug sie mit dem Handgriff von Ebenholz so heftig vor die schöne Stirne, daß sie leblos dem alten Mann in die Arme sank. Als er dies sah, war es doch, als reute ihn die Tat auf der Stelle; er bückte sich herab, zu schauen, ob noch Leben in ihr sei, aber das Männlein sprach mit wohlbekannter Stimme: „Gib dir keine Mühe, Kohlenpeter! es war die schönste und lieblichste Blume im Schwarzwald, aber du hast sie zertreten, und nie mehr wird sie wieder blühen."

Da wich alles Blut aus Peters Wangen und er sprach: „Also Ihr seid es, Herr Schatzhauser? Nun, was geschehen ist, ist geschehen und es hat wohl so kommen müssen. Ich hoffe aber, Ihr werdet mich nicht bei dem Gericht anzeigen als Mörder."

„Elender!" erwiderte das Glasmännlein, „was würde es mir frommen, wenn ich deine sterbliche Hülle an den Galgen brächte? Nicht irdische Gerichte sind es, die du zu fürchten hast, sondern andere und strengere, denn du hast deine Seele an den Bösen verkauft."

„Und hab' ich mein Herz verkauft", schrie Peter, „so ist niemand daran schuld, als du und deine betrügerischen Schätze! Du tückischer Geist hast mich ins Verderben geführt, mich getrieben, daß ich bei einem anderen Hilfe suchte, und auf dir liegt die ganze

Verantwortung." Aber kaum hatte er dies gesagt, so wuchs und schwoll das Glasmännlein und wurde hoch und breit, und seine Augen sollen so groß gewesen sein, wie Suppenteller, und sein Mund war wie ein geheizter Backofen, und Flammen blitzten daraus hervor. Peter warf sich auf die Knie, und sein steinernes Herz schützte ihn nicht, daß nicht seine Glieder zitterten wie eine Espe. Mit Geierskrallen packte ihn der Waldgeist im Nacken, drehte ihn um wie ein Wirbelwind dürres Laub, und warf ihn dann zu Boden, daß ihm alle Rippen knackten. „Erdenwurm!" rief er mit einer Stimme, die wie der Donner rollte, „ich könnte dich zerschmettern, wenn ich wollte, denn du hast gegen den Herrn des Waldes gefrevelt. Aber um dieses toten Weibes willen, die mich gespeist und getränkt hat, gebe ich dir acht Tage Frist. Bekehrst du dich nicht zum Guten, so komme ich und zermalme dein Gebein, und du fährst hin in deinen Sünden!"

Es war schon Abend, als einige Männer, die vorbeigingen, den reichen Peter Munk an der Erde liegen sahen. Sie wandten ihn hin und her und suchten, ob noch Atem in ihm sei, aber lange war ihr Suchen vergebens. Endlich ging einer in das Haus und brachte Wasser herbei und besprengte ihn. Da holte Peter tief Atem, stöhnte und schlug die Augen auf, schaute lange um sich her und fragte dann nach Frau Lisbeth, aber keiner hatte sie gesehen. Er dankte den Männern für ihre Hilfe, schlich sich in sein Haus und suchte überall, aber Frau Lisbeth war weder im Keller noch auf dem Boden, und das, was er für einen schrecklichen Traum gehalten, war bittere Wahrheit. Wie er nun so ganz allein war, da kamen ihm sonderbare Gedanken; er fürchtete sich vor nichts, denn sein Herz war ja kalt; aber wenn er an den Tod seiner Frau dachte, kam ihm sein eigenes Hinscheiden in den Sinn, und wie belastet er dahinfahren werde, schwer belastet mit Tränen der Armen, mit tausend ihrer Flüche, die sein Herz nicht erweichen konnten, mit dem Jammer der Elenden, auf die er seinen Hund gehetzt, belastet mit der stillen Verzweiflung seiner Mutter, mit dem Blute der schönen guten Lisbeth; und konnte er doch nicht einmal dem alten Mann, ihrem Vater, Rechenschaft geben, wenn er käme und fragte: „Wo ist meine Tochter, dein Weib?" Wie wollte er einem anderen Frage stehen, dem alle Wälder, alle Seen, alle Berge gehören, und die Leben der Menschen?

Es quälte ihn auch nachts im Traume, und alle Augenblicke wachte er auf an einer süßen Stimme, die ihm zurief: „Peter, schaff' dir ein wärmeres Herz!" und wenn er erwacht war, schloß er doch schnell wieder die Augen, denn der Stimme nach mußte es Frau Lisbeth sein, die ihm diese Warnung zurief. Den anderen Tag ging er ins Wirtshaus, um seine Gedanken zu zerstreuen, und dort traf er den dicken Ezechiel. Er setzte sich zu ihm, sie sprachen dies und jenes, vom schönen Wetter, vom Krieg, von den Steuern und endlich auch vom Tod, und wie da und dort einer so schnell gestorben sei. Da fragte Peter den Dicken, was er denn vom Tod halte, und wie es nachher sein werde. Ezechiel antwortete ihm, daß man den Leib begrabe, die Seele aber fahre entweder auf zum Himmel oder hinab in die Hölle.

„Also begräbt man das Herz auch?" fragte der Peter gespannt.

„Ei freilich, das wird auch begraben."

„Wenn aber einer sein Herz nicht mehr hat?" fuhr Peter fort.

Ezechiel sah ihn bei diesen Worten schrecklich an. „Was willst du damit sagen? Willst du mich foppen? Meinst du, ich habe kein Herz?"

„O, Herz genug, so fest wie Stein", erwiderte Peter.

Ezechiel sah ihn verwundert an, schaute sich um, ob es niemand gehört habe, und sprach dann: „Woher weißt du es? Oder pocht vielleicht das deinige auch nicht mehr?"

„Pocht nicht mehr, wenigstens nicht hier in meiner Brust!" antwortete Peter Munk. „Aber sag' mir, da du jetzt weißt, was ich meine, wie wird es gehen mit unseren Herzen?"

„Was kümmert dich dies, Gesell!" fragte Ezechiel lachend; „hast ja auf Erden vollauf zu leben und damit genug. Das ist ja gerade das Bequeme an unseren kalten Herzen, daß uns keine Furcht befällt vor solchen Gedanken."

„Wohl wahr, aber man denkt doch daran, und wenn ich auch jetzt keine Furcht mehr kenne, so weiß ich doch wohl noch, wie sehr ich mich vor der Hölle gefürchtet, als ich noch ein kleiner unschuldiger Knabe war."

„Nun – gut wird es uns gerade nicht gehen", sagte Ezechiel. „Hab' mal einen Schulmeister darüber gefragt, der sagte mir, daß nach dem Tode die Herzen gewogen werden, wie schwer sie sich versündigt hätten. Die leichten steigen auf, die schweren sinken hinab, und ich denke, unsere Steine werden ein gutes Gewicht haben."

„Ach freilich", erwiderte Peter, „und es ist mir oft selbst unbequem, daß mein Herz so teilnahmslos und ganz gleichgültig ist, wenn ich an solche Dinge denke."

So sprachen sie; aber in der nächsten Nacht hörte er fünf- oder sechsmal die bekannte Stimme in sein Ohr lispeln: „Peter, schaff' dir ein wärmeres Herz!" Er empfand keine Reue, daß er sie getötet, aber wenn er dem Gesinde sagte, seine Frau sei verreist, so dachte er immer dabei: „Wohin mag sie wohl gereist sein?" Sechs Tage hatte er es so getrieben und immer hörte er nachts diese Stimme, und immer dachte er an den Waldgeist und seine schreckliche Drohung; aber am siebenten Morgen sprang er auf von seinem Lager und rief: „Nun ja, will sehen, ob ich mir ein wärmeres schaffen kann, denn der gleichgültige Stein in meiner

Brust macht mir das Leben nur langweilig und öde." Er zog schnell seinen Sonntagsstaat an und setzte sich auf sein Pferd und ritt dem Tannenbühl zu.

Im Tannenbühl, wo die Bäume dichter standen, saß er ab, band sein Pferd an und ging schnellen Schrittes dem Gipfel des Hügels zu, und als er vor der dicken Tanne stand, hub er seinen Spruch an:

Schatzhauser im grünen Tannenwald,
Bist schon viel hundert Jahre alt.
Dein ist all' Land, wo Tannen stehn,
Läßt dich nur Sonntagskindern sehn.

Da kam das Glasmännlein hervor, aber nicht freundlich und traulich, wie sonst, sondern düster und traurig; es hatte ein Röcklein an von schwarzem Glas und ein langer Trauerflor flatterte herab vom Hut, und Peter wußte wohl, um wen es traure.

„Was willst du von mir, Peter Munk?" fragte es mit dumpfer Stimme.

„Ich hab' noch einen Wunsch, Herr Schatzhauser", antwortete Peter mit niedergeschlagenen Augen.

„Können Steinherzen noch wünschen?" sagte jener. „Du hast alles, was du für deinen schlechten Sinn bedarfst, und ich werde schwerlich deinen Wunsch erfüllen."

„Aber Ihr habt mir doch drei Wünsche zugesagt; einen hab' ich immer noch übrig."

„Doch kann ich ihn versagen, wenn er töricht ist", fuhr der Waldgeist fort; „aber wohlan, ich will hören, was du willst?"

„So nehmt mir den toten Stein heraus und gebt mir mein lebendiges Herz", sprach Peter.

„Hab' ich den Handel mit dir gemacht?" fragte das Glasmännlein, „bin ich der Holländer-Michel, der Reichtum und kalte Herzen schenkt? Dort, bei ihm mußt du dein Herz suchen."

„Ach, er gibt es mir nimmer zurück", antwortete Peter.

„Du dauerst mich, so schlecht du auch bist", sprach das Männlein nach einigem Nachdenken. „Aber weil dein Wunsch nicht töricht ist, so kann ich dir wenigstens meine Hilfe nicht versagen. So höre, dein Herz kannst du mit keiner Gewalt mehr bekommen, wohl aber durch List, und es wird vielleicht nicht schwer halten, denn Michel bleibt doch nur der dumme Michel, obgleich er sich ungemein klug dünkt. So gehe denn gerade Weges zu ihm hin und tue, wie ich dir heiße." Und nun unterrichtete er ihn in allem und gab ihm ein Kreuzlein aus reinem Glas: „Am Leben kann er dir nicht schaden, und er wird dich freilassen, wenn du ihm dies vorhalten und dazu beten wirst. Und hast du dann, was du verlangt hast, erhalten, so komm wieder zu mir an diesen Ort."

Peter Munk nahm das Kreuzlein, prägte sich alle Worte ins Gedächtnis und ging weiter nach Holländer-Michels Behausung. Er rief dreimal seinen Namen, und alsobald stand der Riese vor ihm. „Du hast dein Weib erschlagen?" fragte er ihn mit schrecklichem Lachen. „Hätt' es auch so gemacht, sie hat dein Vermögen an das Bettelvolk gebracht. Aber du wirst auf einige Zeit außer Landes gehen müssen, denn es wird Lärm machen, wenn man sie nicht findet; und du brauchst wohl Geld und kommst, um es zu holen."

„Du hast es erraten", erwiderte Peter, „und nur recht viel diesmal, denn nach Amerika ist's weit."

Michel ging voran und brachte ihn in seine Hütte, dort schloß er eine Truhe auf, worin viel Geld lag, und langte ganze Rollen Goldes heraus. Während er es so auf den Tisch hinzählte, sprach Peter: „Du bist ein loser Vogel, Michel, daß du mich belogen hast, ich hätte einen Stein in der Brust, und du habest mein Herz!"

„Und ist es denn nicht so?" fragte Michel staunend. „Fühlst du denn dein Herz? Ist es nicht kalt wie Eis? Hast du Furcht oder Gram, kann dich etwas reuen?"

„Du hast mein Herz nur stille stehen lassen, aber ich hab' es noch wie sonst in meiner Brust und Ezechiel auch, der hat es mir gesagt, daß du uns angelogen hast; du bist nicht der Mann dazu, der einem das Herz so unbemerkt und ohne Gefahr aus der Brust reißen könnte; da müßtest du zaubern können."

„Aber ich versichere dich", rief Michel unmutig, „du und Ezechiel und alle reichen Leute, die es mit mir gehalten, haben solche kalte Herzen wie du, und ihre rechten Herzen habe ich hier in meiner Kammer."

„Ei, wie dir das Lügen von der Zunge geht!" lachte Peter. „Das mach' du einem anderen weis. Meinst du, ich hab' auf meinen Reisen nicht solche Kunststücke zu Dutzenden gesehen? Aus Wachs nachgeahmt sind deine Herzen hier in der Kammer. Du bist ein reicher Kerl, das geb' ich zu, aber zaubern kannst du nicht."

Da ergrimmte der Riese und riß die Kammertüre auf. „Komm herein und ließ die Zettel alle, und jenes dort, schau, das ist Peter Munks Herz! Siehst du, wie es zuckt? Kann man das auch aus Wachs machen?"

„Und doch ist es aus Wachs", antwortete Peter. „So schlägt ein rechtes Herz nicht, ich habe das meinige noch in der Brust. Nein, zaubern kannst du nicht!"

„Aber ich will es dir beweisen!" rief jener ärgerlich. „Du sollst es selbst fühlen, daß dies dein Herz ist." Er nahm es, riß Peters Wams auf und nahm einen Stein aus seiner Brust und zeigte ihn vor. Dann nahm er das Herz, hauchte es an, und setzte es behutsam an seine Stelle, und alsobald fühlte Peter wie es pochte, und er konnte sich wieder darüber freuen.

„Wie ist es dir jetzt?" fragte Michel lächelnd.

„Wahrhaftig, du hast doch recht gehabt", antwortete Peter, indem er behutsam sein Kreuzlein aus der Tasche zog. „Hätt' ich doch nicht geglaubt, daß man dergleichen tun könne!"

„Nicht wahr? Und zaubern kann ich, das siehst du; aber komm', jetzt will ich dir den Stein wieder hineinsetzen."

„Gemach, Herr Michel!" rief Peter, trat einen Schritt zurück und hielt ihm das Kreuzlein entgegen. „Mit Speck fängt man Mäuse, und diesmal bist du der Betrogene." Und zugleich fing er an zu beten, was ihm nur beifiel.

Da wurde Michel kleiner und immer kleiner, fiel nieder und wand sich hin und her wie ein Wurm, und ächzte und stöhnte, und alle Herzen umher fingen an zu zucken und zu pochen, daß es tönte, wie in der Werkstatt eines Uhrmachers. Peter aber fürchtete sich, und es wurde ihm ganz unheimlich zumut, er rannte zur Kammer und zum Haus hinaus und klimmte, von Angst getrieben, die Felsenwand hinan, denn er hörte, daß Michel sich aufraffte, stampfte und tobte, und ihm schreckliche Flüche nachschickte. Als er oben war, lief er dem Tannenbühl zu; ein schreckliches Gewitter zog auf, Blitze fielen links und rechts an ihm nieder und zerschmetterten die Bäume, aber er kam wohlbehalten in dem Revier des Glasmännleins an.

Sein Herz pochte freudig, und nur darum, weil es pochte. Dann aber sah er mit Entsetzen auf sein Leben zurück, wie auf das Gewitter, das hinter ihm rechts und links den schönen Wald zersplitterte. Er dachte an Frau Lisbeth, sein schönes, gutes Weib, das er aus Geiz gemordet, er kam sich selbst wie der Auswurf der Menschen vor, und er weinte heftig, als er an Glasmännleins Hügel kam.

Schatzhauser saß unter dem Tannenbaum und rauchte aus einer kleinen Pfeife, doch sah er munterer aus, als zuvor. „Warum weinst du, Kohlenpeter?" fragte er. „Hast du dein Herz nicht erhalten? Liegt noch das kalte in deiner Brust?"

„Ach Herr!" seufzte Peter, „als ich noch das kalte Steinherz trug, da weinte ich nie, meine Augen waren so trocken, als das Land im Juli; jetzt aber will es mir beinahe das alte Herz zerbrechen, was ich getan! Meine Schuldner habe ich ins Elend gejagt, auf Arme und Kranke die Hunde gehetzt, und, Ihr wißt es ja selbst – wie meine Peitsche auf ihre schöne Stirne fiel!"

„Peter, du warst ein großer Sünder!" sprach das Männlein. „Das Geld und der Müßiggang haben dich verderbt, bis dein Herz zu Stein wurde, nicht Freud, nicht Leid, keine Reue, kein Mitleid mehr kannte. Aber Reue versöhnt, und wenn ich nur wüßte, daß dir dein Leben recht leid tut, so könnte ich schon noch etwas für dich tun."

„Will nichts mehr", antwortete Peter und ließ traurig sein Haupt sinken. „Mit mir ist es aus, kann mich mein Lebtag nicht mehr freuen; was soll ich so allein auf der Welt tun? Meine Mutter verzeiht mir nimmer, was ich ihr getan, und vielleicht hab' ich sie unter den Boden gebracht, ich Ungeheuer! Und Lisbeth, meine Frau! Schlagt mich lieber auch tot, Herr Schatzhauser, dann hat mein elend Leben mit einmal ein Ende."

„Gut", erwiderte das Männlein, „wenn du nicht anders willst, so kannst du es haben; meine Axt habe ich bei der Hand." Er nahm ganz ruhig sein Pfeiflein aus dem Mund, klopfte es aus und steckte es ein. Dann stand er langsam auf und ging hinter die Tannen. Peter aber setzte sich weinend ins Gras, sein Leben war ihm nichts mehr, und er erwartete geduldig den Todesstreich. Nach einiger Zeit hörte er leise Tritte hinter sich und dachte: „Jetzt wird er kommen."

„Schau dich noch einmal um, Peter Munk!" rief das Männlein. Peter wischte sich die Tränen aus den Augen und schaute sich um, und sah – seine Mutter und Lisbeth, seine Frau, die ihn freundlich anblickten. Da sprang er freudig auf: „So bist du nicht tot, Lisbeth? Und auch Ihr seid da, Mutter, und habt mir vergeben?"

„Sie wollen dir verzeihen", sprach das Glasmännlein, „weil du wahre Reue fühlst, und alles soll vergessen sein. Zieh jetzt heim in deines Vaters Hütte und sei ein Köhler wie zuvor; bist du brav und bieder, so wirst du dein Handwerk ehren, und deine Nachbarn werden dich mehr lieben und achten, als wenn du zehn Tonnen Goldes hättest." So sprach das Glasmännlein und nahm Abschied von ihnen.

Die drei lobten und segneten es und gingen heim.

Das prachtvolle Haus des reichen Peters stand nicht mehr; der Blitz hatte es angezündet und mit all seinen Schätzen niedergebrannt; aber nach der väterlichen Hütte war es nicht weit; dorthin ging jetzt ihr Weg, und der große Verlust bekümmerte sie nicht.

Aber wie staunten sie, als sie an die Hütte kamen! Sie war zu einem schönen Bauernhaus geworden, und alles darin war einfach, aber gut und reinlich.

„Das hat das gute Glasmännlein getan!" rief Peter.

„Wie schön!" sagte Frau Lisbeth, „und hier ist mir viel heimlicher, als in dem großen Haus mit dem vielen Gesinde."

Von jetzt an wurde Peter Munk ein fleißiger und wackerer Mann. Er war zufrieden mit dem, was er hatte, trieb sein Handwerk unverdrossen, und so kam es, daß er durch eigene Kraft wohlhabend wurde und angesehen und beliebt im ganzen Wald. Er zankte nie mehr mit Frau Lisbeth, ehrte seine Mutter und gab den Armen, die an seine Türe pochten. Als nach Jahr und Tag Frau Lisbeth von einem schönen Knaben genas, ging Peter nach dem Tannenbühl und sagte sein Sprüchlein. Aber das Glasmännlein zeigte sich nicht. „Herr Schatzhauser!" rief er laut, „hört mich doch; ich will ja nichts anderes, als Euch zu Gevatter bitten bei meinem Söhnlein!" Aber er gab keine Antwort; nur ein kurzer Windstoß sauste durch die Tannen und warf einige Tannenzapfen herab ins Gras. „So will ich dies zum Andenken mitnehmen, weil Ihr Euch doch nicht sehen lassen wollt", rief Peter, steckte die Zapfen in die Tasche und ging nach Hause; aber als er zu Hause das Sonntagswams auszog und seine Mutter die Taschen umwandte und das Wams in den Kasten legen wollte, da fielen vier stattliche Geldrollen heraus, und als man sie öffnete, waren es lauter gute, neue, badische Taler, und kein einziger falscher darunter. Und das war das Patengeschenk des Männleins im Tannenwald für den kleinen Peter.

So lebten sie still und unverdrossen fort, und noch oft nachher, als Peter Munk schon graue Haare hatte, sagte er: „Es ist doch besser, zufrieden zu sein mit wenigem, als Gold und Güter haben, und ein *kaltes Herz*."

DAS

GESPENSTERSCHIFF.

MEIN Vater hatte einen kleinen Laden in Balsora. Er war weder arm noch reich und einer von jenen Leuten, die nicht gerne etwas wagen, aus Furcht, das wenige zu verlieren, das sie haben. Er erzog mich schlicht und recht, und brachte es bald so weit, daß ich ihm an die Hand gehen konnte. Gerade als ich 18 Jahre alt war und er eben die erste größere Spekulation machte, starb er, wahrscheinlich aus Gram, tausend Goldstücke dem Meere anvertraut zu haben. Ich mußte ihn bald nachher wegen seines Todes glücklich preisen, denn wenige Wochen hernach lief die Nachricht ein, daß das Schiff, dem mein Vater seine Güter mitgegeben hatte, versunken sei. Meinen jugendlichen Mut konnte aber dieser Unfall nicht beugen. Ich machte alles vollends zu Geld, was mein Vater hinterlassen hatte, und zog aus, um in der Fremde mein Glück zu probieren, nur von einem alten Diener meines Vaters begleitet, der sich aus alter Anhänglichkeit nicht von mir und meinem Schicksal trennen wollte.

Im Hafen von Balsora schifften wir uns mit günstigem Winde ein. Das Schiff, auf dem ich mich eingemietet hatte, war nach Indien bestimmt. Wir waren schon fünfzehn Tage auf der gewöhnlichen Straße gefahren, als uns der Kapitän einen Sturm verkündete. Er machte ein bedenkliches Gesicht, denn es schien, er kenne in dieser Gegend das Fahrwasser nicht genug, um einem Sturme mit Ruhe begegnen zu können. Er ließ alle Segel einziehen, und wir trieben ganz langsam hin. Die Nacht war angebrochen, hell und kalt, und der Kapitän glaubte schon, sich in den Anzeigen des Sturmes getäuscht zu haben. Auf einmal schwebte ein Schiff, das wir vorher nicht gesehen hatten, dicht an dem unsrigen vorbei. Wildes Jauchzen und Geschrei erscholl von dem Verdeck herauf, worüber ich mich, zu dieser angstvollen Stunde vor einem Sturm, nicht wenig wunderte. Aber der Kapitän an meiner Seite wurde blaß wie der Tod. „Mein Schiff ist verloren", rief er, „dort segelt der Tod!" Ehe ich ihn noch über diesen sonderbaren Ausruf befragen konnte, stürzten schon heulend und schreiend die Matrosen herein. „Habt Ihr ihn gesehen?" schrien sie, „jetzt ist's mit uns vorbei!"

Der Kapitän aber ließ Trostsprüche aus dem Koran vorlesen und setzte sich selbst ans Steuerruder. Aber vergebens! Zusehends brauste der Sturm auf, und ehe eine Stunde verging, krachte das Schiff und blieb sitzen. Die Boote wurden ausgesetzt, und kaum hatten sich die letzten Matrosen gerettet, so versank das Schiff vor unseren Augen, und als ein Bettler fuhr ich in die See hinaus. Aber der Jammer hatte noch kein Ende. Fürchterlicher tobte der Sturm, das Boot war nicht mehr zu regieren. Ich hatte meinen alten Diener fest umschlungen, und wir versprachen uns, nie voneinander zu weichen. Endlich brach der Tag an. Aber mit dem ersten Anblick der Morgenröte faßte der Wind das Boot, in welchem wir saßen, und stürzte es um. Ich habe keinen meiner Schiffsleute mehr gesehen. Der Sturz hatte mich betäubt; und als ich aufwachte, befand ich mich in den Armen meines alten, treuen Dieners, der sich auf das umgeschlagene Boot gerettet und mich nachgezogen hatte. Der Sturm hatte sich gelegt. Von unserem Schiff war nichts mehr zu sehen, wohl aber entdeckten wir nicht weit von uns ein anderes Schiff, auf das die Wellen uns hintrieben. Als wir näher hinzukamen, erkannte ich das Schiff als dasselbe, das in der Nacht an uns vorbeigefahren, und welches den Kapitän so sehr in Schrecken gesetzt hatte. Ich empfand ein sonderbares Grau-en vor diesem Schiffe. Die Äußerung des Kapitäns, die sich so furchtbar bestätigt hatte, das öde Aussehen des Schiffes, auf dem sich, so nahe wir auch herankamen, so laut wir schrieen, niemand zeigte, erschreckte mich. Doch es war dies unser einziges

Rettungsmittel, darum priesen wir den Propheten, der uns so wundervoll erhalten hatte.

Am Vorderteil des Schiffes hing ein langes Tau herab. Mit Händen und Füßen ruderten wir darauf zu, um es zu erfassen. Endlich glückte es. Laut erhob ich meine Stimme, aber immer blieb es still auf dem Schiffe. Da klimmten wir an dem Tau hinauf, ich als der Jüngste voran. Aber Entsetzen! Welches Schauspiel stellte sich meinem Auge dar, als ich das Verdeck betrat. Der Boden war mit Blut gerötet, zwanzig bis dreißig Leichname in türkischen Kleidern lagen auf dem Boden, am mittleren Mastbaume stand ein Mann, reich gekleidet, den Säbel in der Hand, aber das Gesicht war blaß und verzerrt, durch die Stirne ging ein großer Nagel, der ihn an den Mastbaum heftete; auch er war tot.

Schrecken fesselte meine Schritte, ich wagte kaum zu atmen. Endlich war auch mein Begleiter heraufgekommen. Auch ihn überraschte der Anblick des Verdeckes, das gar nichts Lebendiges, sondern nur so viele schreckliche Leichname zeigte. Wir wagten es endlich, nachdem wir in der Seelenangst zum Propheten gefleht hatten, weiter vorzuschreiten. Bei jedem Schritte sahen wir uns um, ob nicht etwas Neues, noch Schrecklicheres sich darbiete. Aber alles blieb, wie es war. Weit und breit nichts Lebendiges, als wir und das Weltmeer. Nicht einmal laut zu sprechen wagten wir, aus Furcht, der tote, am Mast angespießte Kapitano möchte seine starren Augen nach uns hindrehen, oder einer der Getöteten möchte seinen Kopf umwenden. Endlich waren wir bis an eine Treppe gekommen, die in den Schiffsraum führte. Unwillkürlich machten wir dort halt und sahen einander an, denn keiner wagte es recht, seine Gedanken zu äußern.

„O Herr", sprach mein treuer Diener, „hier ist etwas Schreckliches geschehen. Doch wenn auch das Schiff da unten voll Mörder steckt, so will ich mich ihnen doch lieber auf Gnade und Ungnade ergeben, als längere Zeit unter diesen Toten zubringen." Ich dachte wie er, wir faßten ein Herz und stiegen voll Erwartung hinunter. Totenstille war aber auch hier, und nur unsere Schritte hallten auf der Treppe. Wir standen an der Türe der Kajüte. Ich legte mein Ohr an die Türe und lauschte; es war nichts zu hören. Ich machte auf. Das Gemach bot einen unordentlichen Anblick dar: Kleider, Waffen und anderes Geräte lagen untereinander – nichts in Ordnung. Die Mannschaft oder wenigstens der Kapitano, mußten vor kurzem gezecht haben, denn es lag noch alles umher. Wir gingen weiter von Raum zu Raum, von Gemach zu Gemach, überall fanden wir herrliche Vorräte in Seide, Perlen, Zucker usw. Ich war vor Freude über diesen Anblick außer mir, denn da niemand auf dem Schiffe war, glaubte ich, alles mir zueignen zu dürfen; Ibrahim aber machte mich aufmerksam darauf, daß wir wahrscheinlich noch sehr weit vom Lande seien, wohin wir allein und ohne menschliche Hilfe nicht kommen könnten.

Wir labten uns an den Speisen und Getränken, die wir in reichlichem Maß vorfanden, und stiegen endlich wieder aufs Verdeck. Aber hier schauderte uns immer die Haut ob dem schrecklichen Anblick der Leichen. Wir beschlossen, uns davon zu befreien und sie über Bord zu werfen. Aber wie schauerlich ward uns zumut, als wir fanden, daß sich keiner aus seiner Lage bewegen ließ. Wie festgebannt lagen sie am Boden, und man hätte die Bretter des Verdecks ausheben müssen, um sie zu entfernen, und dazu gebrach es uns an Werkzeugen. Auch der Kapitano ließ sich nicht von seinem Mast losmachen, nicht einmal seinen Säbel konnten wir der starren Hand entwinden. Wir brachten den Tag in trauriger Betrachtung unserer Lage zu, und als es Nacht zu werden anfing, erlaubte ich dem alten Ibrahim, sich schlafen zu legen, ich selbst aber wollte auf dem Verdeck wachen, um nach Rettung auszuspähen. Als aber der Mond heraufkam und ich nach den Gestirnen berechnete, daß es wohl um die elfte Stunde sei, überfiel mich ein so unwiderstehlicher Schlaf, daß ich unwillkürlich hinter ein Faß, das auf dem Verdeck stand, zurückfiel. Doch war es mehr Betäubung als Schlaf, denn ich hörte deutlich die See an der Seite des Schiffes anschlagen und die Segel im Winde knarren und pfeifen. Auf einmal glaubte ich Stimmen und Männertritte auf dem Verdeck zu hören. Ich wollte mich aufrichten, um danach zu schauen. Aber eine unsichtbare Gewalt hielt meine Glieder gefesselt, nicht einmal die Augen konnte ich aufschlagen. Aber immer deutlicher wurden die Stimmen, es war mir, als wenn ein fröhliches Schiffsvolk auf dem Verdeck sich umhertriebe. Mitunter glaubte ich, die kräftige Stimme eines Befehlenden zu hören, auch hörte ich Taue und Segel deutlich auf- und abziehen. Nach und nach aber schwanden mir die Sinne, ich verfiel in einen tieferen Schlaf, in dem ich nur noch ein Geräusch von Waffen zu hören glaubte, und erwachte erst, als die Sonne schon hoch stand und mir aufs Gesicht brannte. Verwundert schaute ich mich um, Sturm, Schiff, die Toten, und was ich in der Nacht gehört hatte, kam mir wie ein Traum vor; aber als ich aufblickte, fand ich alles wie gestern. Unbeweglich lagen die Toten, unbeweglich war der Kapitano an den Mastbaum geheftet. Ich lachte über meinen Traum und stand auf, um meinen Alten zu suchen.

Dieser saß ganz nachdenklich in der Kajüte. „O Herr!" rief er aus, als ich zu ihm hereintrat, „ich wollte lieber im tiefsten Grunde des Meeres liegen, als in diesem verhexten Schiffe noch eine Nacht zubringen." Ich fragte ihn nach der Ursache seines Kummers, und er antwortete mir: „Als ich einige Stunden geschlafen hatte, wachte ich auf und vernahm, wie man über meinem Haupte hin- und herlief. Ich dachte zuerst, Ihr wäret es, aber es waren wenigstens zwanzig, die oben umherliefen, auch hörte ich rufen und schreien. Endlich kamen schwere Tritte die Treppe herab. Da wußte ich nichts mehr von mir; nur hie und da kehrte auf einige Augenblicke meine Besinnung zurück, und da sah ich dann denselben Mann, der oben am Mast angenagelt ist, an jenem Tisch dort sitzen, singend und trinkend, aber der, der in einem roten Scharlachkleid nicht weit von ihm am Boden liegt, saß neben ihm und half ihm trinken." Also erzählte mir mein alter Diener.

Ihr könnt es mir glauben, meine Freunde, daß mir gar nicht wohl zumut war; denn es war keine Täuschung, ich hatte ja auch die Toten gar wohl gehört. In solcher Gesellschaft zu schiffen war mir greulich. Mein Ibrahim aber versank wieder in tiefes Nachdenken. „Jetzt hab' ich's!" rief er endlich aus; es fiel ihm nämlich ein Sprüchlein ein, das ihn sein Großvater, ein erfahrener, weitgereister Mann, gelehrt hatte, und das gegen jeden Geister- und Zauberspuk helfen sollte; auch behauptete er, jenen natürlichen Schlaf, der uns befiel, in der nächsten Nacht verhindern zu können, wenn wir nämlich recht eifrig Sprüche aus dem Koran beteten. Der Vorschlag des alten Mannes gefiel mir wohl. In banger Erwartung sahen wir die Nacht herankommen. Neben der Kajüte war ein kleines Kämmerchen, dorthin beschlossen wir uns zurückzuziehen. Wir bohrten mehrere Löcher in die Türe, hinlänglich groß, um durch sie die ganze Kajüte zu überschauen; dann verschlossen wir die Türe, so gut es ging, von innen, und Ibrahim schrieb den Namen des Propheten in alle vier Ecken. So erwarteten wir die Schrecken der Nacht. Es mochte wieder ungefähr elf Uhr sein, als es uns gewaltig zu schläfern anfing. Mein Gefährte riet mir daher, einige Sprüche des Korans zu beten, was mir auch half. Mit einem Male schien es oben lebhaft zu werden, die Taue knarrten, Schritte gingen über das Verdeck und mehrere Stimmen waren deutlich zu unterscheiden. Mehrere Minuten hatten wir so in gespannter Erwartung gesessen, da hörten wir etwas die Treppe der Kajüte herabkommen. Als dies der Alte hörte, fing er an, den Spruch, den ihn sein Großvater gegen Spuk und Zauberei gelehrt hatte, herzusagen:

Kommt ihr herab aus der Luft,
Steigt ihr aus tiefem Meer,
Schlieft ihr in dunkler Gruft,
Stammt ihr vom Feuer her:
Allah ist euer Herr und Meister,
Ihm sind gehorsam alle Geister.

Ich muß gestehen, ich glaubte gar nicht recht an diesen Spruch, und mir stieg das Haar zu Berg, als die Türe aufflog. Herein trat jener große, stattliche Mann, den ich am Mastbaum angenagelt gesehen hatte.

Der Nagel ging ihm auch jetzt mitten durchs Hirn, das Schwert aber hatte er in die Scheide gesteckt, hinter ihm trat noch ein anderer herein, weniger kostbar gekleidet; auch ihn hatte ich oben liegen sehen. Der Kapitano, denn dies war er unverkennbar, hatte ein bleiches Gesicht, einen großen schwarzen Bart, wildrollende Augen, mit denen er sich im ganzen Gemach umsah. Ich konnte ihn ganz deutlich sehen, als er an unserer Türe vorüberging; er aber schien gar nicht auf die Türe zu achten, die uns verbarg. Beide setzten sich an den Tisch, der in der Mitte der Kajüte stand, und sprachen laut und fast schreiend miteinander in einer unbekannten Sprache. Sie wurden immer lauter und eifriger, bis endlich der Kapitano mit geballter Faust auf den Tisch hineinschlug, daß das Zimmer dröhnte. Mit wildem Gelächter sprang der andere auf und winkte dem Kapitano, ihm zu folgen. Dieser stand auf, riß seinen Säbel aus der Scheide, und beide verließen das Gemach. Wir atmeten freier, als sie weg waren; aber unsere Angst hatte noch lange kein Ende. Immer lauter und lauter ward es auf dem Verdeck. Man hörte eilends hin- und herlaufen und schreien, lachen und heulen. Endlich ging ein wahrhaft höllischer Lärm los, so daß wir glaubten, das Verdeck mit allen Segeln komme zu uns herab, Waffengeklirr und Geschrei – auf einmal aber tiefe Stille. Als wir es nach vielen Stunden wagten, hinaufzugehen, trafen wir alles wie sonst, nicht einer lag anders als früher. Alle waren steif wie Holz.

So waren wir mehrere Tage auf dem Schiffe; es ging immer nach Osten, wohin zu, nach meiner Berechnung, Land liegen mußte; aber wenn es auch bei Tag viele Meilen zurückgelegt hatte, bei Nacht schien es immer wieder zurückzukehren, denn wir befanden uns immer wieder am nämlichen Fleck, wenn die Sonne aufging. Wir konnten uns dies nicht anders erklären, als daß die Toten jede Nacht mit vollem Winde zurücksegelten. Um nun dies zu verhüten, zogen wir, ehe es Nacht wurde, alle Segel ein und wandten dasselbe Mittel an, wie bei der Türe in der Kajüte; wir schrieben den Namen des Propheten auf Pergament und auch das Sprüchlein des Großvaters dazu, und banden es um die eingezogenen Segel. Ängstlich warteten wir in unserem Kämmerchen den Erfolg ab. Der Spuk schien diesmal noch ärger zu toben, aber siehe, am anderen Morgen waren die Segel noch aufgerollt, wie wir sie verlassen hatten. Wir spannten den Tag über nur so viele Segel auf, als nötig waren, das Schiff sanft fortzutreiben, und so legten wir in fünf Tagen eine gute Strecke zurück.

Endlich, am Morgen des sechsten Tages, entdeckten wir in geringer Ferne Land, und wir dankten Allah und seinem Propheten für unsere wunderbare Rettung. Diesen Tag und die folgende Nacht trieben wir an einer Küste hin, und am siebenten Morgen glaubten wir in geringer Entfernung eine Stadt zu entdecken; wir ließen mit vieler Mühe einen Anker in die See, der alsobald Grund faßte, legten ein kleines Boot, das auf dem Verdeck stand, aus, und ruderten mit aller Macht der Stadt zu. Nach einer halben Stunde liefen wir in einen Fluß ein, der sich in die See ergoß, und stiegen ans Ufer. Im Stadttor erkundigten wir uns, wie die Stadt heiße, und erfuhren, daß es eine indische Stadt sei, nicht weit von der Gegend, wohin ich zuerst zu schiffen willens war. Wir begaben uns in eine Karawanserei und erfrischten uns von unserer abenteuerlichen Reise. Ich forschte daselbst auch nach einem weisen und verständigen Mann, indem ich dem Wirt zu verstehen gab, daß ich einen solchen haben möchte, der sich ein wenig auf Zauberei verstehe. Er führte mich in eine abgelegene Straße, an ein unscheinbares Haus, pochte an, und man ließ mich eintreten mit der Weisung, ich solle nur nach Muley fragen.

In dem Hause kam mir ein altes Männlein mit grauem Bart und langer Nase entgegen und fragte nach meinem Begehr. Ich sagte ihm, ich suche den weisen Muley, und er antwortete mir, er sei es selbst. Ich fragte ihn nun um Rat, was ich mit den Toten machen solle, und wie ich es angreifen müsse, um sie aus dem Schiff zu bringen. Er antwortete mir, die Leute des Schiffes seien wahrscheinlich wegen irgendeines Frevels auf das Meer verzaubert; er glaube, der Zauber werde sich lösen, wenn man sie ans Land bringe; dies könne aber nicht geschehen, als wenn man die Bretter, auf denen sie liegen, losmache. Mir gehöre, von Gott und Rechts wegen, das Schiff samt allen Gütern, weil ich es gleichsam gefunden habe; doch solle ich alles sehr geheimhalten und ihm ein kleines Geschenk von meinem Überfluß machen, er wolle dafür mit seinen Sklaven mir behilflich sein, die Toten wegzuschaffen. Ich versprach, ihn reichlich zu belohnen, und wir machten uns mit fünf Sklaven, die mit Sägen und Beilen versehen waren, auf den Weg. Unterwegs konnte der Zauberer Muley unseren glücklichen Einfall, die Segel mit den Sprüchen des Korans zu umwinden, nicht genug loben. Er sagte, es sei dies das einzige Mittel gewesen, uns zu retten.

Es war noch ziemlich früh am Tage, als wir beim Schiff ankamen. Wir machten uns alle sogleich ans Werk, und in einer Stunde lagen schon vier in dem Nachen. Einige der Sklaven mußten sie ans Land rudern, um sie dort zu verscharren. Sie erzählten, als sie zurückkamen, die Toten hätten ihnen die Mühe des Begrabens erspart, indem sie, so wie man sie auf die Erde gelegt habe, in Staub zerfallen seien. Wir fuhren fort, die Toten abzusägen, und vor Abend waren alle ans Land gebracht. Es war endlich keiner mehr an Bord als der, welcher am Mast angenagelt war. Umsonst suchten wir den Nagel aus dem Holze zu ziehen, keine Gewalt vermochte ihn auch nur ein Haarbreit zu verrücken. Ich wußte nicht, was anzufangen war; man konnte doch nicht den Mastbaum abhauen, um ihn ans Land zu führen. Doch aus dieser Verlegenheit half Muley. Er ließ schnell einen Sklaven ans Land rudern, um einen Topf mit Erde zu bringen. Als dieser herbeigeholt war, sprach der Zauberer geheimnisvolle Worte darüber aus und schüttete die Erde auf das Haupt des Toten. Sogleich schlug dieser die Augen auf, holte tief Atem, und die Wunde des Nagels in seiner Stirne fing an zu bluten. Wir zogen den Nagel jetzt leicht heraus, und der Verwundete fiel einem der Sklaven in die Arme.

„Wer hat mich hieher geführt?" sprach er, nachdem er sich ein wenig erholt zu haben schien. Muley zeigte auf mich, und ich trat zu ihm. „Dank dir, unbekannter Fremdling, du hast mich von langen Qualen errettet. Seit fünfzig Jahren schifft mein Leib durch diese Wogen, und mein Geist war verdammt, jede Nacht in ihn zurückzukehren. Aber jetzt hat mein Haupt die Erde berührt, und ich kann versöhnt zu meinen Vätern gehen." Ich bat ihn, uns doch zu, sagen, wie er zu diesem schrecklichen Zustande gekommen sei, und er sprach: „Vor fünfzig Jahren war ich ein mächtiger, angesehener Mann und wohnte in Algier; die Sucht nach Gewinn trieb mich, ein Schiff auszurüsten und Seeraub zu treiben. Ich hatte dieses Geschäft schon einige Zeit fortgeführt, da nahm ich einmal auf Zante einen Derwisch an Bord, der umsonst reisen wollte. Ich und meine Gesellen waren rohe Leute und achteten nicht auf die Heiligkeit des Mannes, vielmehr trieb ich mein Gespött mit ihm. Als er aber einst in heiligem Eifer mir meinen sündigen Lebenswandel verwiesen hatte, übermannte mich nachts in meiner Kajüte, als ich mit meinem Steuermann viel getrunken hatte, der Zorn. Wütend über das, was mir ein Derwisch gesagt hatte, und was ich mir von keinem Sultan hätte sagen lassen, stürzte ich aufs Verdeck und stieß ihm meinen Dolch in die Brust. Sterbend verwünschte er mich und meine Mannschaft, nicht sterben und nicht leben zu können, bis wir unser Haupt auf die Erde legen. Der Derwisch starb, und wir warfen ihn in die See und verlachten seine Drohungen. Aber noch in derselben Nacht erfüllten sich seine Worte. Ein Teil meiner Mannschaft empörte sich gegen mich. Mit fürchterlicher Wut wurde gestritten, bis meine Anhänger unterlagen und ich an den Mast genagelt wurde. Aber auch die Empörer unterlagen ihren Wunden, und bald war mein Schiff nur ein großes Grab. Auch mir brachen die Augen, mein Atem hielt an, und ich meinte zu sterben. Aber es war nur eine Erstarrung, die mich gefesselt hielt; in der nächsten Nacht, zur nämlichen Stunde, da wir den Derwisch in die See geworfen, erwachte ich und alle meine Genossen, das Leben war zurückgekehrt; aber wir konnten nichts tun und sprechen, als was wir in jener Nacht gesprochen und getan hatten. So segeln wir seit fünfzig Jahren, können nicht leben, nicht sterben; denn wie konnten wir das Land erreichen? Mit toller Freude segelten wir allemal mit vollen Segeln in den Sturm, weil wir hofften, endlich an einer Klippe zu zerschellen, und das müde Haupt auf dem Grunde des Meeres zur Ruhe zu legen. Es ist uns nicht gelungen. Jetzt aber werde ich sterben. Noch einmal meinen Dank, unbekannter Retter! Wenn Schätze dich lohnen können, so nimm mein Schiff, als Zeichen meiner Dankbarkeit."

Der Kapitano ließ sein Haupt sinken, als er so gesprochen hatte, und verschied. Sogleich zerfiel er auch, wie seine Gefährten, in Staub. Wir sammelten diesen in ein Kästchen und begruben ihn am Lande; aus der Stadt nahm ich aber Arbeiter, die mir mein Schiff in guten Zustand setzten. Nachdem ich die Waren, die ich an Bord hatte, gegen andere mit großem Gewinn ausgetauscht hatte, mietete ich Matrosen, beschenkte meinen Freund Muley reichlich und schiffte mich nach meinem Vaterlande ein. Ich machte aber einen Umweg, indem ich an vielen Inseln und Ländern landete und meine Waren zu Markt brachte. Der Prophet segnete mein Unternehmen. Nach dreiviertel Jahren lief ich, noch einmal so reich, als mich der sterbende Kapitän gemacht hatte, in Balsora ein. Meine Mitbürger waren erstaunt über meine Reichtümer und mein Glück, und glaubten nicht anders, als ich habe das Diamantental des berühmten Reisenden Sindbad gefunden. Ich ließ sie in ihrem Glauben; von nun an aber mußten die jungen Leute von Balsora, wenn sie kaum achtzehn Jahre alt waren, in die Welt hinaus, um, gleich mir, ihr Glück zu machen. Ich aber lebte ruhig und im Frieden, und alle fünf Jahre machte ich eine Reise nach Mekka, um dem Herrn, an heiliger Stätte, für seinen Segen zu danken, und für den Kapitano und seine Leute zu bitten, daß er in sein Paradies sie aufnehme.

DIE

HÖHLE VON STEENFOLL.

Eine schottländische Sage.

———◆———

AUF einer Felseninsel Schottlands lebten vor vielen Jahren
zwei Fischer in glücklicher Eintracht. Sie waren beide unver-
heiratet, hatten auch sonst keine Angehörigen, und ihre gemein-
same Arbeit, obgleich verschieden angewendet, nährte sie beide.
Im Alter kamen sie einander ziemlich nahe, aber von Person und
an Gemütsart glichen sie einander nicht mehr, als ein Adler und
ein Seekalb.

Kaspar Strumpf war ein kurzer, dicker Mensch mit einem breiten fetten Vollmondsgesicht und gutmütig lachenden Augen, denen Gram und Sorge fremd zu sein schienen. Er war nicht nur
fett, sondern auch schläfrig und faul, und ihm fielen daher die
Arbeiten des Hauses, Kochen und Backen, das Stricken der Netze
zum eigenen Fischfang und zum Verkaufe, auch ein großer Teil
der Bestellung ihres kleinen Feldes anheim. Ganz das Gegenteil
war sein Gefährte; lang und hager, mit kühner Habichtsnase und
scharfen Augen, war er als der tätigste und glücklichste Fischer,
der unternehmendste Kletterer nach Vögeln und Daunen, der flei-
ßigste Feldarbeiter auf den Inseln, und dabei als der geldgierigste
Händler auf dem Markte zu Kirchwall bekannt; aber da seine
Waren gut und sein Wandel frei von Betrug war, so handelte jeder
gern mit ihm, und Wilm Falke (so nannten ihn seine Landsleute)

und Kaspar Strumpf, mit welchem ersterer trotz seiner Habsucht gerne seinen schwer errungenen Gewinn teilte, hatten nicht nur eine gute Nahrung, sondern waren auch auf gutem Wege, einen gewissen Grad von Wohlhabenheit zu erlangen. Aber Wohlhabenheit allein war es nicht, was Falkes habsüchtigem Gemüte zusagte; er wollte reich, sehr reich werden, und da er bald einsehen lernte, daß auf dem gewöhnlichen Wege des Fleißes das Reichwerden nicht sehr schnell vor sich ging, so verfiel er zuletzt auf den Gedanken, er müßte seinen Reichtum durch irgendeinen außerordentlichen Glückszufall erlangen, und da nun dieser Gedanke einmal von seinem heftig wallenden Geiste Besitz genommen, fand er für nichts anderes Raum darin, und er fing an, mit Kaspar Strumpf davon, als von einer gewissen Sache zu reden. Dieser, dem alles, was Falke sagte, für ein Evangelium galt, erzählte es seinen Nachbarn, und bald verbreitete sich das Gerücht, Wilm Falke hätte sich entweder wirklich dem Bösen für Gold verschrieben, oder hätte doch ein Anerbieten dazu von dem Fürsten der Unterwelt bekommen.

Anfangs zwar verlachte Falke diese Gerüchte, aber allmählich gefiel er sich in dem Gedanken, daß irgendein Geist ihm einmal einen Schatz verraten könne, und er widersprach nicht länger, wenn ihn seine Landsleute damit aufzogen. Er trieb zwar noch immer sein Geschäft fort, aber mit weniger Eifer, und verlor oft einen großen Teil der Zeit, die er sonst mit Fischfang oder anderen nützlichen Arbeiten zuzubringen pflegte, in zwecklosem Suchen irgendeines Abenteuers, wodurch er plötzlich reich werden sollte. Auch wollte es sein Unglück, daß, als er eines Tages am einsamen Ufer stand und in bestimmter Hoffnung auf das bewegte Meer hinausblickte, als solle ihm von dorther sein großes Glück kommen, eine große Welle unter einer Menge losgerissenen Mooses und Gesteines eine gelbe Kugel – eine Kugel von Gold zu seinen Füßen rollte.

Wilm stand wie bezaubert; so waren denn seine Hoffnungen nicht leere Träume gewesen, das Meer hatte ihm Gold, schönes reines Gold geschenkt, wahrscheinlich die Überreste einer schweren Barre, welche die Wellen auf dem Meeresgrund bis zur Größe einer Flintenkugel abgerieben. Und nun stand es klar vor seiner Seele, daß einmal irgendwo an dieser Küste ein reich beladenes

Schiff gescheitert sein müsse, und daß er dazu ersehen sei, die im Schoße des Meeres begrabenen Schätze zu heben. Dies ward von nun an sein einziges Streben; seinen Fund sorgfältig, selbst vor seinem Freunde verbergend, damit nicht auch andere seiner Entdeckung auf die Spur kämen, versäumte er alles andere und brachte Tage und Nächte an dieser Küste zu, wo er nicht sein Netz nach Fischen, sondern eine eigens dazu verfertigte Schaufel – nach Gold auswarf. Aber er fand nichts als Armut; denn er selbst verdiente sich nichts mehr, und Kaspars schläfrige Bemühungen reichten nicht hin, sie beide zu ernähren. Im Suchen größerer Schätze verschwand nicht nur das gefundene Gold, sondern allmählich auch das ganze Eigentum der Junggesellen. Aber so wie Strumpf früher stillschweigend von Falke den besten Teil seiner Nahrung hatte erwerben lassen, so ertrug er es auch jetzt schweigend und ohne Murren, daß die zwecklose Tätigkeit desselben sie ihm jetzt entzog; und gerade dieses sanftmütige Dulden seines Freundes war es, was jenen nur noch stärker anspornte, sein rastloses Suchen nach Reichtum noch länger fortzusetzen. Was ihn aber noch tätiger machte, war, daß, so oft er sich zur Ruhe niederlegte und seine Augen sich zum Schlummer schlossen, etwas ihm ein Wort ins Ohr raunte, das er zwar sehr deutlich zu vernehmen glaubte, und das ihm jedesmal dasselbe schien, das er aber niemals behalten konnte. Zwar wußte er nicht, was dieser Umstand, so sonderbar er auch war, mit seinem jetzigen Streben zu tun haben könne; aber auf ein Gemüt, wie das Wilm Falkes, mußte alles wirken, und auch dieses geheimnisvolle Flüstern half ihn in dem Glauben bestärken, daß ihm ein großes Glück bestimmt sei, das er nur in einem Goldhaufen zu finden hoffte.

Eines Tages überraschte ihn ein Sturm am Ufer, wo er die Goldkugel gefunden hatte, und die Heftigkeit desselben trieb ihn an, in einer nahen Höhle Zuflucht zu nehmen. Diese Höhle, welche die Einwohner die *Höhle von Steenfoll* nennen, besteht aus einem langen unterirdischen Gange, welcher sich mit zwei Mündungen gegen das Meer öffnet und den Wellen einen freien Durchgang läßt, die sich beständig mit lautem Brüllen schäumend durch denselben hinarbeiten. Diese Höhle war nur an einer Stelle zugänglich, und zwar durch eine Spalte von oben her, welche aber selten von jemand anderem, als mutwilligen Knaben, betreten ward, indem zu den eigenen Gefahren des Ortes sich noch der Ruf eines Geisterspuks gesellte. Mit Mühe ließ Wilm sich in denselben hinab und nahm ungefähr zwölf Fuß tief von der Oberfläche auf einem vorspringenden Stein und unter einem überhängenden Felsenstück Platz, wo er mit den brausenden Wellen unter seinen Füßen und dem wütenden Sturm über seinem Haupte in seinen gewöhnlichen Gedankenzug verfiel, nämlich von dem gescheiterten Schiff, und was für ein Schiff es wohl gewesen sein möchte; denn trotz aller seiner Erkundigungen hatte er selbst von den ältesten Einwohnern von keinem an dieser Stelle gescheiterten Fahrzeuge Nachricht erhalten können. Wie lange er so gesessen, wußte er selbst nicht; als er aber endlich aus seinen Träumereien erwachte, entdeckte er, daß der Sturm vorüber sei, und er wollte eben wieder emporsteigen, als eine Stimme sich aus der Tiefe vernehmen ließ und das Wort *Car-milhan* ganz deutlich in sein Ohr drang. Erschrocken fuhr er in die Höhe und blickte in den leeren Abgrund hinab. „Großer Gott!" schrie er, „das ist das Wort, das mich in meinem Schlafe verfolgt! Was, ums Himmels willen, mag es bedeuten?" – „Carmilhan!" seufzte es noch einmal aus der Höhle herauf, als er schon mit einem Fuß die Spalte verlassen hatte, und er floh wie ein gescheuchtes Reh seiner Hütte zu.

Wilm war indessen keine Memme; die Sache war ihm nur unerwartet gekommen, und sein Geldgeiz war auch überdies zu mächtig in ihm, als daß ihn irgendein Anschein von Gefahr hätte abschrecken können, auf seinem gefahrvollen Pfade fortzuwandern. Einst, als er spät in der Nacht beim Mondschein der Höhle von Steenfoll gegenüber mit seiner Schaufel nach Schätzen fischte, blieb dieselbe auf einmal an etwas hängen. Er zog aus Leibeskräften, aber die Masse blieb unbeweglich. Inzwischen erhob sich der Wind, dunkle Wolken überzogen den Himmel, heftig schaukelte das Boot und drohte umzuschlagen; aber Wilm ließ sich nicht irremachen; er zog und zog, bis der Widerstand aufhörte, und da er kein Gewicht fühlte, glaubte er, sein Seil wäre gebrochen. Aber gerade als die Wolken sich über dem Monde zusammenziehen wollten, erschien eine runde, schwarze Masse auf der Oberfläche, und es erklang das ihn verfolgende Wort *Carmilhan!* Hastig wollte er nach ihr greifen, aber ebenso schnell, als er den Arm danach ausstreckte, verschwand sie in der Dunkelheit der Nacht, und der eben losbrechende Sturm zwang ihn, unter den nahen Felsen Zuflucht zu suchen. Hier schlief er vor Ermüdung ein, um im Schlafe, von einer ungezügelten Einbildungskraft gepeinigt, aufs neue die Qualen zu erdulden, die ihm sein rastloses Streben nach Reichtum am Tage erleiden ließ. Die ersten Strahlen der aufgehenden Sonne fielen auf den jetzt ruhigen Spiegel des Meeres, als Falke erwachte. Eben wollte er wieder hinaus an die gewohnte Arbeit, als er von ferne etwas auf sich zukommen sah. Er erkannte es bald für ein Boot, und in demselben eine menschliche Gestalt; was aber sein größtes Erstaunen erregte, war, daß das Fahrzeug sich ohne Segel oder Ruder fortbewegte, und zwar mit dem Schnabel gegen das Ufer gekehrt, und ohne daß die darin sitzende Gestalt sich im geringsten um das Steuerruder zu bekümmern schien, wenn es ja eines hatte. Das Boot kam immer näher und hielt endlich neben Wilms Fahrzeug stille. Die Person in demselben zeigte sich jetzt als ein kleines, verschrumpftes altes Männchen, das in gelbe Leinwand gekleidet war und mit roter, in die Höhe stehender Nachtmütze, mit geschlossenen Augen und unbeweglich wie ein getrockneter Leichnam dasaß. Nachdem er es vergebens angerufen und gestoßen hatte, wollte er eben einen Strick an das Boot befestigen und es wegführen, als das Männchen die Augen aufschlug und sich zu bewegen anfing, auf eine Weise, welche selbst den kühnen Fischer mit Grausen erfüllte.

„Wo bin ich?" fragte es nach einem tiefen Seufzer auf Holländisch. Falke, welcher von den holländischen Heringsfängern etwas von ihrer Sprache gelernt hatte, nannte ihm den Namen der Insel und fragte, wer er denn sei, und was ihn hieher gebracht.

„Ich komme, um nach dem Carmilhan zu sehen."

„Dem Carmilhan? Um Gotteswillen! Was ist das?" rief der begierige Fischer.

„Ich gebe keine Antwort auf Fragen, die man mir auf diese Weise tut", erwiderte das Männchen mit sichtbarer Angst.

„Nun", schrie Falke, „was ist der Carmilhan?" –

„Der Carmilhan ist jetzt nichts, aber einst war es ein schönes Schiff, mit mehr Gold beladen, als je ein anderes Fahrzeug getragen."

„Wo ging es zugrunde, und wann?"

„Es war vor hundert Jahren; wo, weiß ich nicht genau; ich komme, um die Stelle aufzusuchen und das verlorene Gold aufzufischen; willst du mir helfen, so wollen wir den Fund miteinander teilen."

„Mit ganzem Herzen, sag mir nur, was muß ich tun?"

„Was du tun mußt, erfordert Mut; du mußt dich gerade vor Mitternacht in die wildeste und einsamste Gegend auf der Insel begeben, begleitet von einer Kuh, die du dort schlachten und dich von jemand in ihre frische Haut wickeln lassen mußt. Dein Begleiter muß dich dann niederlegen und allein lassen, und ehe es ein Uhr schlägt, weißt du, wo die Schätze des Carmilhan liegen."

„Auf diese Weise fiel der alte Engrol mit Leib und Seele ins Verderben!" rief Wilm mit Entsetzen. „Du bist der böse Geist", fuhr er fort, indem er hastig davonruderte, „geh zur Hölle! Ich mag nichts mit dir zu tun haben."

Das Männchen knirschte, schimpfte und fluchte ihm nach; aber der Fischer, welcher zu beiden Rudern gegriffen hatte, war ihm bald aus dem Gehör, und nachdem er um einen Felsen gebogen, auch aus dem Gesichte. Aber die Entdeckung, daß der böse Geist sich seinen Geiz zunutze zu machen und mit Gold in seine Schlingen zu locken suchte, heilte den verblendeten Fischer nicht, im Gegenteil, er meinte die Mitteilung des gelben Männchens benützen zu können, ohne sich dem Bösen zu überliefern; und indem er fortfuhr, an der öden Küste nach Gold zu fischen, vernachlässigte er den Wohlstand, den ihm die reichen Fischzüge in anderen Gegenden des Meeres darboten, so wie alle anderen Mittel, auf die er ehemals seinen Fleiß verwendet, und versank von Tag zu Tag nebst seinen Gefährten in tiefere Armut, bis es endlich oft an den notwendigsten Lebensbedürfnissen zu fehlen anfing. Aber obgleich dieser Verfall gänzlich Falkes Halsstarrigkeit und falscher Begierde zugeschrieben werden mußte, und die Ernährung beider jetzt Kaspar Strumpf allein anheimfiel, so machte ihm doch dieser niemals den geringsten Vorwurf; ja er bezeugte ihm immer noch dieselbe Unterwürfigkeit, dasselbe Vertrauen in seinen besseren Verstand, als zur Zeit, wo ihm seine Unternehmungen allezeit geglückt waren; dieser Umstand vermehrte Falkes Leiden um ein Großes, aber trieb ihn, noch mehr nach Geld zu suchen, weil er dadurch hoffte, auch seinen Freund für sein gegenwärtiges Entbehren schadlos halten zu können. Dabei verfolgte ihn das teuflische Geflüster des Wortes *Carmilhan* noch immer in seinem Schlummer. Kurz, Not, getäuschte Erwartung und Geiz trieben ihn zuletzt zu einer Art von Wahnsinn, so daß er wirklich beschloß, das zu tun, was ihm das Männchen angeraten, obgleich er, nach der alten Sage, wohl wußte, daß er sich damit den Mächten der Finsternis übergab.

Alle Gegenvorstellungen Kaspars waren vergebens. Falke ward nur um so heftiger, je mehr jener ihn anflehte, von seinem verzweifelten Vorhaben abzustehen. Und der gute, schwache Mensch willigte endlich ein, ihn zu begleiten und ihm seinen Plan ausführen zu helfen. Beider Herzen zogen sich schmerzhaft zusammen, als sie einen Strick um die Hörner einer schönen Kuh, ihr letztes Eigentum, legten, die sie vom Kalbe aufgezogen und die sie zu verkaufen sich immer geweigert hatten, weil sie's nicht übers Herz bringen konnten, sie in fremden Händen zu sehen. Aber der böse Geist, welcher sich Wilms bemeisterte, erstickte jetzt alle besseren Gefühle in ihm, und Kaspar wußte ihm in nichts zu widerstehen. Es war im September, und die langen Nächte des schottländischen Winters hatten angefangen. Die Nachtwolken wälzten sich schwer vor dem rauhen Abendwinde und türmten sich wie Eisberge im Clydestrom, tiefer Schatten füllte die Schluchten zwischen dem Gebirge und den feuchten Torfsümpfen, und die trüben Bette der Ströme blickten schwarz und furchtbar wie Höllenschlünde. Falke ging voran und Strumpf folgte, schaudernd über seine eigene Kühnheit, und Tränen füllten sein mattes Auge, so oft er das arme Tier ansah, welches so vertrauensvoll und bewußtlos seinem baldigen Tode entgegenging, der ihm von der Hand werden sollte, die ihm bisher seine Nahrung gereicht. Mit Mühe kamen sie in das enge sumpfige Bergtal, welches hie und da mit Moos und Heidekraut bewachsen, mit großen Steinen übersät war, und von einer wilden Gebirgskette umgeben lag, die sich in grauen Nebel verlor, und wohin der Fuß eines Menschen sich selten verstieg. Sie näherten sich auf wankendem Boden einem großen Stein, welcher in der Mitte stand, und von welchem ein verscheuchter Adler krächzend in die Höhe flog. Die arme Kuh brüllte dumpf, als erkenne sie die Schrecknisse des Ortes und das ihr bevorstehende Schicksal. Kaspar wandte sich weg, um sich die schnellfließenden Tränen abzuwischen. Er blickte hinab durch die Felsenöffnung, durch welche sie heraufgekommen waren, von wo aus man die ferne Brandung des Meeres hörte, und dann hinauf nach den Berggipfeln, auf welche sich ein kohlschwarzes Gewölk gelagert hatte, aus welchem man von Zeit zu Zeit ein dumpfes Murmeln vernahm. Als er sich wieder nach Wilm umsah, hatte dieser bereits die arme Kuh an den Stein gebunden und stand mit aufgehobener Axt im Begriff, das gute Tier zu fällen.

Dies war zu viel für seinen Entschluß, sich in den Willen seines Freundes zu fügen. Mit gerungenen Händen stürzte er sich auf die Knie. „Um Gotteswillen, Wilm Falke!" schrie er mit der Stimme der Verzweiflung, „schone dich, schone die Kuh! schone dich und mich! schone deine Seele! – Schone dein Leben! Und mußt du Gott so versuchen, so warte bis morgen und opfere lieber ein anderes Tier, als unsere liebe Kuh!"

„Kaspar, bist du toll?" schrie Wilm wie ein Wahnsinniger, indem er noch immer die Axt in der Höhe geschwungen hielt. „Soll ich die Kuh schonen und verhungern?"

„Du sollst nicht verhungern", antwortete Kaspar entschlossen. „So lange ich Hände habe, sollst du nicht verhungern. Ich will vom Morgen bis in die Nacht für dich arbeiten. Nur bring dich nicht um deiner Seele Seligkeit, und laß mir das arme Tier leben!"

„Dann nimm die Axt und spalte mir den Kopf", schrie Falke mit verzweifeltem Ton, „ich gehe nicht von diesem Fleck, bis ich habe, was ich verlange. – Kannst du die Schätze des Carmilhan für mich heben? Können deine Hände mehr erwerben, als die elendesten Bedürfnisse des Lebens? – Aber sie können meinen Jammer enden – komm, und laß mich das Opfer sein!"

„Wilm, töte die Kuh, töte mich! Es liegt mir nichts daran, es ist mir ja nur um deine Seligkeit zu tun. Ach! dies ist ja der Piktenaltar, und das Opfer, das du bringen willst, gehört der Finsternis."

„Ich weiß von nichts dergleichen", rief Falke wild lachend, wie einer, der entschlossen ist, nichts wissen zu wollen, was ihn von seinem Vorsatz abbringen könnte. „Kaspar, du bist toll und machst mich toll – aber da", fuhr er fort, indem er das Beil von sich warf und das Messer vom Steine aufnahm, wie wenn er sich durchstoßen wollte, „da behalte die Kuh statt meiner!"

Kaspar war in einem Augenblick bei ihm, riß ihm das Mordwerkzeug aus der Hand, erfaßte das Beil, schwang es hoch in der Luft und ließ es mit solcher Gewalt auf des geliebten Tieres Kopf fallen, daß es ohne zu zucken tot zu seines Herrn Füßen niederstürzte.

Ein Blitz, begleitet von einem Donnerschlage, folgte dieser raschen Handlung, und Falke starrte seinen Freund mit Augen an, womit ein Mann ein Kind anstaunen würde, das sich das zu tun getraut, was er selbst nicht gewagt. Strumpf schien aber weder von dem Donner erschreckt, noch durch das starre Erstaunen seines Gefährten außer Fassung gebracht, sondern fiel, ohne ein Wort zu reden, über die Kuh her und fing an, ihr die Haut abzuziehen. Als Wilm sich ein wenig erholt hatte, half er ihm in diesem Geschäfte, aber mit so sichtbarem Widerwillen, als er vorher begierig gewesen war, das Opfer vollendet zu sehen. Während dieser Arbeit hatte sich das Gewitter zusammengezogen, der Donner brüllte laut im Gebirge und furchtbare Blitze schlängelten sich um den Stein und über das Moos der Schlucht hin, während der Wind, welcher diese Höhe noch nicht erreicht hatte, die unteren Täler und das Gestade mit wildem Heulen erfüllte. Und als die Haut endlich abgezogen war, fanden beide Fischer sich schon bis auf den Leib durchnäßt. Sie breiteten jene auf dem Boden aus, und Kaspar wickelte und band Falke, so wie dieser es ihm geheißen, in derselben fest ein. Dann erst, als dies geschehen war, brach der arme Mensch das lange Stillschweigen, und indem er mitleidig auf seinen betörten Freund hinabblickte, fragte er mit zitternder Stimme: „Kann ich noch etwas für dich tun, Wilm?"

„Nichts mehr", erwiderte der andere, „lebe wohl!"

„Leb' wohl", erwiderte Kaspar; „Gott sei mit dir, und vergebe dir, wie ich es tue!"

Dies waren die letzten Worte, welche Wilm von ihm hörte, denn im nächsten Augenblicke war er in der immer zunehmenden Dunkelheit verschwunden und in demselben Augenblicke brach auch einer der fürchterlichsten Gewitterstürme, die Wilm nur je gehört hatte, aus. Er fing an mit einem Blitze, welcher Falke nicht nur die Berge und Felsen in seiner unmittelbaren Nähe, sondern auch das Tal unter ihm, mit dem schäumenden Meere und den in der Bucht zerstreut liegenden Felseninseln zeigte, zwischen welchen er die Erscheinung eines großen, fremdartigen und entmasteten Schiffes zu erblicken glaubte, welches auch im Augenblick wieder in der schwärzesten Dunkelheit verschwand. Die Donnerschläge wurden ganz betäubend. Eine Masse Felsenstücke rollte vom Gebirge herab und drohte ihn zu zerschlagen. Der Regen ergoß sich in solcher Menge, daß er in einem Augenblick das enge Sumpftal mit einer hohen Flut überströmte, welche bald bis zu Wilms Schultern hinaufreichte, denn glücklicherweise hatte ihn Kaspar mit dem oberen Teile des Körpers auf eine Erhöhung gelegt, sonst hätte er auf einmal ertrinken müssen. Das Wasser stieg immer höher, und je mehr Wilm sich anstrengte, sich aus seiner gefahrvollen Lage zu befreien, desto fester umgab ihn die Haut. Umsonst rief er nach Kaspar. Kaspar war weit weg. Gott in seiner Not anzurufen wagte er nicht, und ein Schauder ergriff ihn, wenn er die Mächte anflehen wollte, deren Gewalt er sich hingegeben fühlte.

Schon drang ihm das Wasser in die Ohren, schon berührte es den Rand der Lippen. „Gott, ich bin verloren!" schrie er, indem er einen Strom über sein Gesicht hinstürzen fühlte – aber in demselben Augenblicke drang ein Schall, wie von einem nahen Wasserfall, schwach in sein Gehör, und sogleich war auch sein Mund wieder unbedeckt. Die Flut hatte sich durch das Gestein Bahn gebrochen, und da zu gleicher Zeit der Regen etwas nachließ, und das tiefe Dunkel des Himmels sich etwas verzog, so ließ auch seine Verzweiflung nach, und es schien ihm ein Strahl der Hoffnung zurückzukehren. Aber obgleich er sich wie von einem Todeskampfe erschöpft fühlte und sehnlich wünschte, aus seiner Gefangenschaft erlöst zu sein, so war doch der Zweck seines verzweifelten Strebens noch nicht erreicht, und mit der verschwundenen unmittelbaren Lebensgefahr kam auch die Habsucht mit all ihren Furien in seine Brust zurück. Aber überzeugt, daß er in seiner Lage ausharren müsse, um sein Ziel zu erreichen, hielt er sich ruhig und fiel vor Kälte und Ermüdung in einen festen Schlaf.

Er mochte ungefähr zwei Stunden geschlafen haben, als ihn ein kalter Wind, der ihm übers Gesicht fuhr, und ein Rauschen, wie von herannahenden Meereswogen, aus seiner glücklichen Selbstvergessenheit aufrüttelte. Der Himmel hatte sich aufs neue verfinstert. Ein Blitz wie der, welcher den ersten Sturm herbeigeführt, erhellte noch einmal die Gegend umher, und er glaubte abermals das fremde Schiff zu erblicken, das jetzt dicht vor der Steenfollklippe auf einer hohen Welle zu hängen und dann jählings in den Abgrund zu schießen schien. Er starrte noch immer nach dem Phantom, denn ein unaufhörliches Blitzen hielt jetzt das Meer erleuchtet, als sich auf einmal eine berghohe Wasserhose aus dem Tale erhob und ihn mit solcher Gewalt gegen einen Felsen schleuderte, daß ihm alle Sinne vergingen. Als er wieder zu sich selbst kam, hatte sich das Wetter verzogen, der Himmel war heiter, aber das Wetterleuchten dauerte noch immer fort. Er lag dicht am Fuße des Gebirges, welches dieses Tal umschloß, und er fühlte sich so zerschlagen, daß er sich kaum zu rühren vermochte. Er hörte das stillere Brausen der Brandung und mitten drinnen eine feierliche Musik, wie Kirchengesang. Diese Töne waren anfangs so schwach, daß er sie für Täuschung hielt; aber sie ließen sich immer wieder aufs neue vernehmen, und jedesmal deutlicher und näher, und es schien ihm zuletzt, als könne er darin die Melodie eines Psalms unterscheiden, die er im vorigen Sommer an Bord eines holländischen Heringfängers gehört hatte.

Endlich unterschied er sogar Stimmen und es deuchte ihm, als vernehme er sogar die Worte jenes Liedes. Die Stimmen waren jetzt in dem Tale, und als er sich mit Mühe zu einem Steine hingeschoben, auf den er den Kopf legte, erblickte er wirklich einen Zug von menschlichen Gestalten, von welchen diese Musik ausging, und der sich gerade auf ihn zu bewegte. Kummer und Angst lag auf den Gesichtern der Leute, deren Kleider von Wasser zu triefen schienen. Jetzt waren sie dicht bei ihm, und ihr Gesang schwieg. An ihrer Spitze waren mehrere Musikanten, dann mehrere Seeleute, und hinter diesen kam ein großer, starker Mann in altväterlicher, reich mit Gold besetzter Tracht, mit einem Schwert an der Seite, und einem langen dicken spanischen Rohr mit goldenem Knopfe in der Hand. Ihm zur Linken ging ein Negerknabe, welcher seinem Herrn von Zeit zu Zeit eine lange Pfeife reichte, aus der er einige feierliche Züge tat und dann weiterschritt. Er blieb kerzengerade vor Wilm stehen, und ihm zu beiden Seiten stellten sich andere, minder prächtig gekleidete Männer, welche alle Pfeifen in den Händen hatten, die aber nicht so kostbar schienen, als die Pfeife, welche dem dicken Mann nachgetragen wurde. Hinter diesen traten andere Personen auf, worunter mehrere Frauenspersonen, von denen einige Kinder in den Armen oder an der Hand hatten, alle in kostbarer, aber fremdartiger Kleidung. Ein Haufen holländischer Matrosen schloß den Zug, deren jeder den Mund voll Tabak, und zwischen den Zähnen ein braunes Pfeifchen hatte, das sie in düsterer Stille rauchten.

Der Fischer blickte mit Grausen auf diese sonderbare Versammlung; aber die Erwartung dessen, was da kommen werde, hielt seinen Mut aufrecht. Lange standen sie so um ihn her, und der Rauch ihrer Pfeifen erhob sich wie eine Wolke über sie, zwischen welcher die Sterne hindurchblinkten. Der Kreis zog sich immer enger um Wilm her, das Rauchen ward immer heftiger, und dicker die Wolke, die aus Mund und Pfeifen hervorstieg. Falke war ein kühner, verwegener Mann; er hatte sich auf Außerordentliches vorbereitet; aber als er diese unbegreifliche Menge immer näher auf ihn eindringen sah, als wolle sie ihn mit ihrer Masse erdrücken, da entsank ihm der Mut, dicker Schweiß trat ihm vor die Stirne, und er glaubte, vor Angst vergehen zu müssen. Aber man denke sich erst seinen Schrecken, als er von ungefähr die Augen wandte und dicht an seinem Kopfe das gelbe Männchen steif und aufrecht sitzen sah, wie er es zum ersten Mal erblickt, nur daß es jetzt, wie zum Spotte der ganzen Versammlung, auch eine Pfeife im Munde hatte. In der Todesangst, die ihn jetzt ergriff, rief er, zu der Hauptperson gewendet: „Im Namen dessen, dem Ihr dient, wer seid Ihr, und was verlangt Ihr von mir?"

Der große Mann rauchte drei Züge, feierlicher als je, gab dann die Pfeife seinem Diener und antwortete mit schreckhafter Kälte: „Ich bin Alfred Franz van der Swelder, Befehlshaber des Schiffes Carmilhan von Amsterdam, welches auf dem Heimwege von Batavia mit Mann und Maus an dieser Felsenküste zugrunde ging; dies sind meine Offiziere, dies meine Passagiere, und jenes meine braven Seeleute, welche alle mit mir ertranken. Warum hast du uns aus unseren tiefen Wohnungen im Meere hervorgerufen? Warum störtest du unsere Ruhe?"

„Ich möchte wissen, wo die Schätze des Carmilhan liegen."

„Am Boden des Meeres."

„Wo?"

„In der Höhle von Steenfoll."

„Wie soll ich sie bekommen?"

„Eine Gans taucht in den Schlund nach einem Hering; sind die Schätze des Carmilhan nicht ebensoviel wert?"

„Wieviel davon werd' ich bekommen?"

„Mehr als du je verzehren wirst." Das gelbe Männchen grinste und die ganze Versammlung lachte laut auf. „Bist du zu Ende?" fragte der Hauptmann weiter.

„Ich bin's. Gehab dich wohl!"

„Leb' wohl, bis aufs Wiedersehen!" erwiderte der Holländer und wandte sich zum Gehen, die Musikanten traten aufs neue an die Spitze, und der ganze Zug entfernte sich in derselben Ordnung, in welcher er gekommen war, und mit demselben feierlichen Gesang, welcher mit der Entfernung immer leiser und undeutlicher wurde, bis er sich nach einiger Zeit gänzlich im Geräusche der Brandung verlor. Jetzt strengte Wilm seine letzten Kräfte an, sich aus seinen Banden zu befreien, und es gelang ihm endlich, einen Arm loszubekommen, womit er die ihn umwindenden Stricke löste und sich endlich ganz aus der Haut wickelte. Ohne sich umzusehen, eilte er nach seiner Hütte und fand den armen Kaspar Strumpf in starrer Bewußtlosigkeit am Boden liegen. Mit Mühe brachte er ihn wieder zu sich selbst, und der gute Mensch weinte vor Freude, als er den verloren geglaubten Jugendfreund wieder vor sich sah. Aber dieser beglückende Strahl verschwand schnell wieder, als er von diesem vernahm, welch' verzweifeltes Unternehmen er jetzt vorhatte.

„Ich wollte mich lieber in die Hölle stürzen, als diese nackten Wände und dieses Elend länger ansehen. – Folge mir oder nicht, ich gehe." Mit diesen Worten faßte Wilm eine Fackel, ein Feuerzeug und ein Seil und eilte davon. Kaspar eilte ihm nach, so schnell er's vermochte, und fand ihn schon auf dem Felsstück stehen, auf welchem er vormals gegen den Sturm Schutz gefunden, und bereit, sich an dem Stricke in den brausenden Schlund hinabzulassen.

Als er fand, daß alle seine Vorstellungen nichts über den rasenden Menschen vermochten, bereitete er sich, ihm nachzusteigen, aber Falke befahl ihm zu bleiben und den Strick zu halten. Mit furchtbarer Anstrengung, wozu nur die blindeste Habsucht den Mut und die Stärke geben konnte, kletterte Falke in die Höhle hinab und kam endlich auf ein vorspringendes Felsstück zu stehen, unter welchem die Wogen schwarz und mit weißem Schaume bekräuselt brausend dahineilten. Er blickte begierig umher und sah endlich etwas gerade unter ihm im Wasser schimmern. Er legte die Fackel nieder, stürzte sich hinab und erfaßte etwas Schweres, das er auch herausbrachte. Es war ein eisernes Kästchen voller Goldstücke. Er verkündigte seinem Gefährten, was er gefunden, wollte aber durchaus nicht auf sein Flehen hören, sich damit zu begnügen und wieder heraufzusteigen. Falke meinte, dies wäre nur die erste Frucht seiner langen Bemühungen. Er stürzte sich noch einmal hinab – es erscholl ein lautes Gelächter aus dem Meere, und Wilm Falke ward nie wieder gesehen. Kaspar ging allein nach Hause, aber als ein anderer Mensch. Die seltsamen Erschütterungen, die sein schwacher Kopf und sein empfindsames Herz erlitten, zerrütteten ihm die Sinne. Er ließ alles um sich her verfallen und wanderte Tag und Nacht gedankenlos vor sich starrend umher, von allen seinen vorigen Bekannten bedauert und vermieden. Ein Fischer will Wilm Falke in einer stürmischen Nacht mitten unter der Mannschaft des Carmilhan am Ufer erkannt haben, und in derselben Nacht verschwand auch Kaspar Strumpf.

Man suchte ihn allenthalben, allein nirgends hat man eine Spur von ihm finden können; aber die Sage geht, daß er oft nebst Falke mitten unter der Mannschaft des Zauberschiffes gesehen worden sei, welches seitdem zu regelmäßigen Zeiten an der Höhle von Steenfoll erschien.